U0460995

耿 翔

1958年生，陕西永寿人。中国作家协会会员。已出版《岩画：猎人与鹰》《母语》《西安的背影》《众神之鸟》《采铜民间》《大地之灯》《长安书》《马坊书》《秦岭书》等多部诗歌、散文集。作品曾获老舍散文奖、冰心散文奖、柳青文学奖、三毛散文奖及《诗刊》年度奖等。

长安新诗典

风把秦岭吹乱

耿翔 著

陕西新华出版传媒集团
太白文艺出版社

图书在版编目（CIP）数据

风把秦岭吹乱 / 耿翔著 . — 西安：太白文艺出版
社， 2017.6（2020.1重印）
（长安新诗典）
ISBN 978-7-5513-1180-9

Ⅰ . ①风… Ⅱ . ①耿… Ⅲ . ①诗集—中国—当代
Ⅳ . ① I227

中国版本图书馆 CIP 数据核字（2017）第 147033 号

长安新诗典
风把秦岭吹乱
FENG BA QINLING CHUI LUAN

作　　者	耿　翔
策　　划	韩霁虹
责任编辑	彭　雯
封面设计	李世豪
版式设计	张洪海
出版发行	陕西新华出版传媒集团
	太白文艺出版社
经　　销	新华书店
印　　刷	天津行知印刷有限公司
开　　本	889mm×1194mm　1/32
字　　数	125 千字
印　　张	7.375
版　　次	2017 年 6 月第 1 版
印　　次	2020 年 1 月第 2 次印刷
书　　号	ISBN 978-7-5513-1180-9
定　　价	28.00 元

版权所有 翻印必究
如有印装质量问题，可寄出版社印制部调换
联系电话：029-81206800
出版社地址：西安市曲江新区登高路 1388 号（邮编：710061）
营销中心电话：029-87277748

序

/

最诗意，在长安

韩霁虹（太白文艺出版社总编辑）

送你一个长安 / 李白杜甫　司马长卷 / 唐风汉韵　锦绣斑斓 / 采些许诗意观照明天

诗人薛保勤吟唱的长安，是"一城文化半城神仙"的诗长安。这里有诗经故里的"蒹葭苍苍白露为霜"，有终南别业的"行到水穷处，坐看云起时"；这里有沉郁忧思、欲"大庇天下寒士俱欢颜"的杜甫，有傲视八极、"天子呼来不上船"的李白；这里曾经绿枝低垂灞柳风雪，这里曾经樽壶酒浆曲江流饮。

郁郁《诗经》，浩浩汉赋，煌煌唐诗。真是个从千年诗脉韵律中迤逦而来的诗都长安。

当年诗意盎然的长安，今安在？

被称为"文学大省"的陕西文坛，当下更多关注、推崇的是长篇小说。成就丝毫不亚于小说的诗歌群体，大多疏离于体制之外，被忽视且边缘化了。

然而，独立探索，自由先锋，守常求变，孤芳自赏，陕西的诗人们倔强生长，墙内开花墙外香，活跃在全国乃至世界的诗坛。几乎每一个重大的诗歌事件，陕西诗人都未缺席。但陕西诗歌的整体宣传和出版却在缺位状态。

有些人是读着诗慢慢成长的，有些人是读着诗慢慢变老的。作为一个中文系毕业、在诗歌陪伴下成长并变老的文学编辑，对于陕西繁茂又略显沉寂的诗坛我是有些耿耿于怀的。

于是有了这套"长安新诗典"。召集活跃在当下诗坛的陕西最有代表意义的六位诗人，自选出道以来最满意的诗作。每人一本。

阎安、伊沙、耿翔、秦巴子、李小洛、周公度，六位诗人，诗歌立场和美学趣味不同，在体制内与体制外、传统与现代之间，保持了各自不同的精神气质。他们以匍匐的姿势聆听万物苍生的一呼一吸，用细微和宏大的多维视角解读大地和生命之美，标明自己灵魂所坚守的精神高度。他们与"哀而不伤，乐而不淫"的古老诗歌美学遥相呼应，与"这是信仰的时期，这是怀疑的时期"的当下时代一同起舞。他们安静沉稳拙朴，他们狂放自由灵动，他们温情又冷峭，他们自信又舒展，他们以自己的才气和力量书写了当代中国知识分子百感交集的成长史和心灵史。他们写作的丰富性改变了传统诗歌的面貌，对我国当代诗歌时代性的转型和读者接受心境上的改造有令人惊讶的开路先锋式贡献。他们是陕西乃至中国诗歌的光荣与梦想，将为中国乃至世界诗坛新诗的发展留下浓墨重彩的独特文本。

这不就是最长安的最诗意吗？

中国诗歌的灵魂在长安。这里曾经是中国诗歌的高峰，也是世界诗歌的高峰。即使在新时期，陕西诗人在中国诗坛依然群星交相辉映。

有人说，当下陕西诗歌有高原无高峰。

读读这六位诗人的作品吧。如果读懂了他们的温柔与霸气，触摸到了这些诗歌的灵魂，你就不会说上面那句话了。

伊沙说，西安没有诗歌，就是西安；有了诗歌，才是长安。

一座城市因向诗人致敬而拥有了诗意。

最诗意，在长安。

2017 年 6 月

目　录

卷四　2010：忧伤像一盏灯

卷一 1980：水是一线光芒

圣土上的雪

第一章

圣土 1

那个对天，一直吹着泥埙的人
在山体滑坡的一刻
从北风深处，扯断我记满母语的血蒂
你会感到什么？守住地火
是今夜的雪

今夜，我要方正地
落身你跪拜过的神宅
天地的空难，应是我劫后的生辰
谁的手，接住所有降临在大地上边的
一种泥具的声音？吹吧
埙也哀哀，雪也哀哀
我未来的日子，会烛火一样
亮在路上

吹吧，雪花落在身上
埙声落在额上
走过来，从泥土的每一角

都有祝福的目光啊
那双最呆滞的，会是我食土的血亲
一位从牛血里，正伸出双手的吹埙者
面对部族的庆典
我要承受大地之重的身骨
再不能轻飘

我是汉人，在山体滑坡的一刻
我就如雪，落在你结实的身后
我的家，这盘踞土地中央的
一座千年老堡，在残月锯开的垛口上
你泥埙一样的身影
守在挂满红布的门楣
还乞讨什么

第 1 雪

圣土上的雪
我是你几万朵之后 / 又落下的一朵
投胎大地 / 一身的灵光 / 也不过塞满
　　　天空的一只雪蝶的翅膀 / 拥挤在
　　　回家的路上 / 一挂北方的大车上
　　　逃离最初的惊恐 / 我躺在谁的
　　　怀里
悬垂而下 / 一头黑长的发 / 是庄严雪

天的一抹唯一的颜色 / 穿过北风
撕扯出的距离 / 落在我微微突出
的额上 / 是谁一直拾穗的手
背过族人 / 用一撮五色土轻擦我双脚
的女人 / 土生万物 / 这一根本的
祝福 / 会缓缓地升到内心
雪地上 / 我所有的歌唱 / 都赶不到这
些大恩的前边 / 遗落在身后 / 我
是纪念谁的：
一片无尘的雪

圣土 2

那对辟邪的牛角啊
在这间烟熏火燎的
黄泥土屋里，你要成为我日后颂扬的
最高的神物？你要独断一切地
记住吹埙者那夜的
神情

让我无知地，坐入那夜
因你而庄重的墙壁下
那些福气地落入掌心的，不全是歌声
有许多饰物，在身上祥幡一样地舞着
那夜，谁能抵开屋顶上

所有断代的青瓦？让女墙边
一片一贯带血的月
亲近地落下来

那夜，在这座宅院向阳的一面
我不会深入地想起
在它背阴的一角，还有一堆
不愿化去的雪。这是一群
一生不会蔑视我的人，赶在庄稼之先
就打开启示我的，一树花的骨朵
就让我觉出
活人的不易

我是汉人，这一对
不多悬在头顶的牛角
会让我坚忍地，活在另外一种状态里
抖落披挂于身的夜色，吹埙者
我举出的手，也是一对牛角

第 2 雪

圣土上的雪
你能让我 / 一眼认出生育我的女人
雪花飘飘 / 我所有的灾难 / 都因这原
　　本自然的雪 / 而从族人或黑或红

的脸膛上／被平和地抹去／躺在
离雪很近的土炕上／我和泥土
一样极需要保护的身体／被什么
覆盖着

我黑亮的眼前／是一副被痛苦和欢乐
同时击中的面孔啊／我不知道那
些十分美丽的雪／是沿着她的额
头落下的

爬上土墙的豁口／我的被农历关闭得
太久的族人／你们露出祈祷年景
时的神态／你们为谁歌唱

雪地上／你们一路滴血的牛皮鼓声／
是献给谁的：
一朵醒目的花

圣土 3

吹上北莽，还是土城里
那片吹我落地的埙声。咯血的大塬上
谁是赶在日头的前边
最先接近我的人

土著者，我一身的嫩骨
不会在这个平常的清晨
被一滴露水所伤。我的面目

还是这一生朝天的黄土？任日月之尘
蚀遍所有的田园，大道上
我为你投举而出的手足
决不轻易放下

昨夜星辰，在一片
闪烁无依的烛光之中，谁能摸到
你明明白白的埙声？摘下吧
那悬在垛口上的音乐
我要从中翻出，你埋得很深的语汇啊
告诉我，那根红亮的头绳
还拴在哪里？是哪夜烛泪
洗出我结实的身子

我是汉人，我最初的
乳名，将被郑重地
刻在一块厚厚的砖上，磨去一身青灰
我后来的形象，要在埙声里
透出亮度

第 3 雪

圣土上的雪
我的下落／不再是你的辉煌
覆盖我走过的大小道路／你的手／要

在一片悬日悬月的额上 / 为我点
　　朵胎痕一样的梅花 / 土城里
所有合十的掌心 / 能让我在北风里 /
　　还要磨砺得再硬的骨头 / 灌满
　　逝者的福音
族人啊 / 走出这比土城还要方正的家
　　谱 / 从一个欢悲的眼神里 / 飘出
　　我留守多年的歌声
走上官道 / 在这不能被车马载走的
　　地方 / 洋洋洒洒的雪 / 你是我
　　一生的寄托
我的亲人 / 我的在雪地上 / 比我还累
　　的亲人 / 在你怀抱的家园 / 那根
　　写满遗训的鞭子 / 应该在某个忌
　　日里 / 重重地落下来 / 沾满我黑
　　大的衣襟 / 是谁慈爱的泪
雪地上 / 用手翻开瓷实的泥土 / 那将
　　刨出的残余的种子 / 是写给谁的：
　　最初的忏悔

净土 4

流落大地
我一身粗织，也放不下
对亲人的暗想。穿过九月的

青灰的屋脊，谁用比古堡还苍老的目光
看我长在一页瓦上？手中的盐巴
是一年的花朵

活在这些花朵的
白净的一面，我多雨的天空
不会不为一声泥埙放晴。被白露所逼
九月的乡村，你披星戴月
也要用木质的马车
赶我回家。碾过官道
车辙里，有我兄妹的
缨子一样的汗发

九月的乡村，流过你
一身尘土的河面
我满目的诺言，是磨断背脊
也要肩负起季节的荒凉，也要守卫住
土地的奉物。家谱里
我把石头锻成磨子的先人
你想念后世的目光，落在哪里
都逃不开粮食。浓缩在某页瓦上
我的田园，一片沧桑

我是汉人，我要赶在
落雪的前边，回到这片养生的土上

要在献给亲人的埙声里，解下被北风

从新至旧，吹打得很久的

一身衣物

第4雪

圣土上的雪

落入今夜 / 应该在何处藏身

随你填平大地的每一条裂谷 / 我的声
　　音 / 都紧紧地缠住一片蛰伏在泥
　　土里的根系 / 从季节的下面遗落 /
　　不只一些常见的事物 / 伸过来
　　那比雪还明白的 / 是谁的手

在雪上行走 / 我会时刻想起那个点燃
　　柴草 / 还守在老宅里的人 / 雪啊
　　从我一片茫然的身后 / 从古城
　　残缺的垛口 / 你能抹掉这些慈悲
　　者的身影

我要歌唱这些在雪中 / 为我守岁的亲
　　人 / 只有通过大地上形形色色的
　　粮食 / 只有在其中找回人类所拥
　　有的语言 / 颤动着枯藤一样的手
　　指 / 是我声音的泪水

雪地上 / 我要解下一年的雪意 / 我要
　　刨出陈年的遗物 / 那穗和我一起

无处藏身的谷子／你是留给谁的：

泥土的原物

圣土 5

昨夜大风，还传递着

这一年的不幸

我走过的地方，或黑或白

都是亲人们，于挥手之间留下的遗言

吹埙者，斩断最后的牵挂

在更远的路上，我只要

你仁义的埙声

把根留下，我的身世

不会在黄土流失不止的大难里

再严重地流失。东方的圣土上

有哪间屋檐下，不悬挂一盏长明之灯

夜里的家园，也要把花

开在庄稼的边缘。我要看着

这吹走灾年的大风

还会把什么吹落

今夜，我不灭的心烛

是你一贯的目光

埙口上，它比年久失修的月

还要残缺地，照耀着草木稀疏的大地
光阴的背面，你是始终守护我的
最后的长者。今年的雨水
今夜的泪水，不能冲淡望乡的情绪
藏入埙声，是诞生我的
古典之曲

我是汉人，家谱里
我无法炫耀的身世
会被许多庄稼，围入一条姓氏的河里
吹埙者，你要把我比泥埙
还重要的名字，唤上今夜的垛口
今夜，有一场怀念的雪
就要落下来……

第二章

圣土 1

谁在年夜的香火里
默诵一个姓氏？天空中的大雪
你要洗净这些食土者积满尘垢的面目
在他们亮堂的心里，我的语言
是一枚指纹

一年的祝福，和雪一起
落在农历最寒冷的一页上
温暖地伸过去，在几只结实的土碗里
一只没有被北风磨损过的手
会触伤民俗里的烟火
东边的老墙上，一支猎枪
要挂出今夜的平安

面对这些大火中的目光，必须把忧伤
藏在那堆谷子的背后
亲人们，伸出你僵硬的手指
从头到脚，就像在那面熟悉的山坡上
迎风开犁。我沾满泥巴的身子
肯定是一片好土
响起来，这不能让大雪夺走的埙声
要吹出一年的心情

我是汉人，拴在脖颈上的
那根土红色的缰绳
已被握出汗渍。请解下吧
坐在你们坚守着斧子和粮食的中间啊
我不需要任何形式的护符
年夜的雪，也不要在子时
突然停下来

第 1 雪

圣土上的雪
挤出门缝 / 是我黑亮的眼睛
一截被群羊 / 啃出痕迹的栅栏上 / 悬
　　挂着去年的旧物 / 土红之色 / 这
　　最初照耀我的圣光 / 在一缸用
　　荞柴烧出的灰水里 / 是谁染洗着
　　我一年的衣物
不能出声 / 在这片平和的雪意里 / 一
　　根破旧的木头上 / 也会长满木
　　耳的歌 / 逃过族人的目光 / 追着
　　大雪的翅膀 / 在谁轻盈的衣襟
　　后 / 我刁野地跑着
鲜亮土城的 / 那片古典风景 / 应是
　　一位女人很好看的身子 / 沿着
　　那条 / 沾满水声的河道 / 她干裂
　　的嘴唇 / 一直抵住我的额头
雪地上 / 我要踩响的牛皮大鼓 / 是颂
　　扬谁的：
　　最高的声音

圣土 2

坐在土城的传闻里

我的身世，是北风吹来的一道黄土
埙声啊，带着垛口的冷清
带着黄昏的血色，也要替我快乐一次
夕阳里，不会落去的歌谣
装点出今夜的天空

献给今夜，不要那盏神灯
坐在上升或跌沉的天空下
必须明白，只有落身的泥土离我最近
只有从泥土里长出的万物
沾满我的骨血。时刻点亮
这片舞蹈和拥挤着一大群亲人的乡土
是永远疯狂的高粱
今夜，有什么力量
能超过这些庄稼

让我回过头
再看一遍吹埙者的样子
族人中，他是一位最憨厚的男人
他一生的大事，都记在残破的垛口上
跟着他消瘦的女人，我的日月
还挂在一贫如洗的土上？吹吧
在我接受命运的今夜
你握埙的手，要从牛血里
很快地伸出来

我是汉人，我身边的
这条咆哮千年的大河
你不要在今夜，不要在今夜的茫然里
把我从一个断肠的渡口上
过早地送出去。死心跟着你
我接近成熟的身子
才会扎实

第2雪

圣土上的雪
抠不死的 / 是一丛野草之根
大屋的后面 / 所有昔日的泥土 / 都要
　　解下一年的首饰 / 不会一贫如
　　洗啊 / 一顶圆硕的草帽下 / 躺着
　　或深或浅的陶罐 / 走进一场揭
　　面的风中 / 谁能精心捡回我脱
　　落的乳齿
告诉族人 / 我不会逃避的野唱 / 永远
　　离你们最近 / 不要修饰 / 我土生
　　土长的声带 / 肯定比泥土还厚 /
　　坐在很冷的塬上 / 谁的目光 / 磨
　　热我很嫩的脊梁
这时 / 我在土城深重的影子里 / 窥见
　　一个家族的裂痕 / 走出最后的

年夜／我只有跟着一位善美的
女人／她慈爱的目光里／将装满
我今后的泪水
雪地上／我要抠出血的指头／是在最
难忍的年月里／记着她的：
最深的伤痕

圣土 3

要把最后的哭声
交给男人的手掌？我是逆子
我单薄的身子，必须在传统的家教里
接受驯化。翻开古旧的泥土
你沉甸甸的心肠
应是一堆土豆

垾声啊，高过今夜的垛口
你要在我的额头
吹出一条泥河？我望惯的月亮
还一片金黄地挂在大屋最寂寞的一面
长者们，在你们把锄头
从屋檐摘走的片刻
我不能懒散地
躲在一堆破败的瓦后。天上的星斗
请不要在溺爱的门楣上

为我筑巢

我的骨头，我的在垛口下
被坝声吹得龟裂的骨头
从今往后，要肩负起一个男人留下的
全部基业。一根断头的葵秆上
依然亮着一盏透彻高原的风灯
在照得见家谱的
最苍白的一页上，我的名字
不是你手掌下
那片带血的雪

我是汉人，守着这排
盛满土豆的罐子
我要看看，某些从黄土里走来的东西
在开始陈述自身的时候
那一脸的表情

第 3 雪

圣土上的雪
撕开衣襟 / 是我红肿的双手
年夜的风啊 / 在你吹着大红裰子上 /
　　那片扎出伤痕的花朵时 / 没人
　　想起 / 我是祈神而生的男儿 / 我

的一身凡骨 / 在一座普通的土
宅里 / 被举在家谱的前面
退出雪的背后 / 我长得生硬的身子 /
或是一把谷子 / 或是一把麦子 /
举过绝望的头顶 / 我是族人们
盼了好久的谷雨啊 / 落下来 / 谁
的琐碎的怀抱 / 才是我扎根的
地方
走过土城里那道很长的坡路 / 一位
女人的名字 / 将花朵一样地 / 开
在我寒冷的身上 / 能够藏下 / 我
血肉模糊的指头 / 是她宽大的
衣襟
雪地上 / 我的就要刨出的土豆 / 是养
活她的：
最好的食物

圣土 4

雪落泥河
雪声，穿过今夜的渡口
也要落满我磨出一片汗渍的石枕啊
北风里，我破败多年的屋子
今夜，你要挺住

小心地刻上泥坝

是谁无法叫出的乳名？北方的冬天里

没有一种童话，比老家的地火还暖

深深地烤下去，今夜

必须赶在忙乱的坝声里

接受火洗。把我土生的身子

放在一呼百应的雪野上

绝非逃离镰刀的

唯一的庄稼上

沿着结满冰凌的泥河

我肤浅的故事，就要流出你的手掌了

吹吧，那轮被雪吞没的东方之月

应该悬在心的垛口

不想陈述，在这条苦难的小河里

我熬过的每一个时辰，都很磊落

看着屋檐下那根守夜的火绳

落地的，不是哭声

就是笑声

我是汉人，谁能牵走

我到处落满雪花的歌声？真实地守在

这被泥河冻住的夜里，雪啊

不要飘白屋顶上的灰瓦

第 4 雪

圣土上的雪

离开你 / 我将满目疮痍

干净地落入今夜 / 我开始粗壮的身
　　子 / 是你覆盖得最彻底的 / 一截
　　美好景致 / 土城里 / 谁在坝声
　　腐蚀过的垛口下 / 又叫起我的
　　乳名

应该从肩膀上 / 解下这挂木质的车
　　辕 / 在雪意堆积出的大道上 / 再
　　野性的马匹 / 也跑不出鞭梢 / 拖
　　在铺雪的地上 / 她粗厚的裙裾 /
　　能遮住我露在风里的脊背

扯破嗓子 / 也要在干冷的铳声里 / 喊
　　出一脸泪水 / 老宅里 / 她脱了许
　　久的长发 / 比什么都白

雪地上 / 我的快要磨断的目光 / 是寻
　　找她的:

　　最亮的诗句

圣土 5

一年的心情,抵不住垛口上
那片沾满雪花的坝声

吹吧，趁镰刀还悬挂在大屋的墙壁上
趁今夜的火塘里，还有一把
去年的柴火

今夜，要让一年的苦处
圆寂在大火的净界里
今夜，坐得再累
也要在你接风接雨的脸上，留下一首
死守家族的谣曲。今夜
能很近地看清
你被泥埫挣出道道血丝的眼睛
我的让泥河，堵塞了一冬的心肠
将春暖花开

其实，在掏心的埫声
大雪一样压来的时候
我插满布屑的心之垛口，没有一截啊
不默守在土城上
今夜，谁能清白地说出来
一个在家族的荣衰里长大的逆子
他在逃离埫声之前
会想些什么

我是汉人，我身上的
这组河流一样的血脉

或让岁月之镰割断，或让岁月之尘
风干。但我脱胎于黄土的面目
依旧挂出，一副想家的
表情啊……

水是一线光芒

跟随水的足迹

生在一条河边
是水族的产儿
翻遍所有的家谱，我们和草木
亲如兄弟

水啊，我们的
活命之水，在泥土的每一动情处
长一片厚厚的作物
很红的缨子
是水的血色么，世世代代
流入我们的肌肤

跟随水的足迹
在土地上流浪
水把我们，交给无边无际的庄稼
也交给一块泥土。活着
和庄稼秆并肩而立
死后，和密集的庄稼之根
抱土安卧

站起来，我们和草木
在一脉野水走过的地方
竞相生长

倾听

谁在前边
不绝声地呼我们远行
一波连一波，是阳光和水的
恩泽

走在阳光里
很想水
想在麦根之下，走遍泥土的水
想在麦根之上，塑出麦粒的水
水，也自我们的骨髓里展现出一些
庄稼的气质

背对太阳
倾听水的歌声
听水自村庄周围，千年不息地波动
抬起头
看见麦子，亦看见水
在无畏地闪光

所有爱水的心
都经不住水的诱惑
走在阳光里，想起水的大恩
谁啊，在前边
手舞足蹈

望河而立

雨来的时候
才有水声，沿窄窄浅浅的河道
一路而下，岸边
我们的村庄
站得很累

望河而立
一群尾随石头的牛羊
沿一面山坡的走向，竖耳倾听
河道以外的水声
在草叶上，嚼一片
水的色泽

更多的时候
村庄，在很干的阳光下挣扎
水啊，凝结起

一生的苦乐。望断山头
望不断岸土
守在河边
不曾弃河而去

一片谷子
却是一生的欲望。站在岸上
再累的季节，也会自心底
长起精神

童话

种在水的边缘
野草一样长出，我的家园
在浑黄的水色里
想起水，便把一生
烧成陶罐
黏附于泥胎之上，真心游成
一尾东方古鱼
揭示天空，陶罐
启开太阳之口

活在水边
一生都很干渴

折断我们的骨节，些许的水声
让草木落泪。而泥土
比所有的嘴唇
还要干裂。陶罐里
水的回声，空如四壁

种在水的边缘
水啊，却远在梦里
眼望倾斜的陶罐，水让我们
长成一些很瘦的庄稼

洪水：1970

这一年的天空
为水所害
不曾干过，我们夜半流泪的面孔
浮在难言的水上

一场残梦
一些苦难的窑洞
随无望的目光，纷纷坍塌
我善意的牛羊，也咽下最后一次呼吸
闭目水里，不曾腐朽的骨架
却卧出耕者的姿势

多年以后，这片废墟
还圣地一样地，留在我
情感的档案里

那时，所有女人
看着自己熟悉的物件
便一齐放声痛哭。一片曾经吉祥的云
一夜之间，覆压了母亲的头顶
失去唯一的家园，无处可居
那时，我只有十岁

想起洪水
真的说不清水为何物
只记着，生来是群水命的人
生死，都由于水

水祭

祭拜祖先一样地
祭拜水。为水而设的祭坛
牵着大地的血脉

旱象将至，目光
在这里跪成一支遥远的水歌

随着很干的鸟声，白云深处
谁在祈祷钟声，敲击出一天平和之雨
啼血而亡、飞临头顶的鸟

泥土啊
躺下欲哭无泪的身子
摇几束农业的哀伤。倒于泥土
血性的河，大义地流过植物的根部

怀念一生
被水累去的人
想见他们，伸出一双挣扎的手
就有水的祭歌，响亮一把
不朽的骨头

野苜蓿河

栖在你的风情里
野苜蓿河，一片动人的声响
一路浸湿，一些隔岸的村庄

淹没风流
你这多情的水域
苍苍茫茫，一地很野的紫花苜蓿

沿袭水的精神疯长
滑入河心，我虚静的目光
听你歌唱

不拒四时的水声
流一河紫色的日子
看那匹驻足不前的瘦马，我不能
离谁而去
苜蓿花，意味深长地
沾香我的马蹄

坐在岸上
眺望你唱热的民间
野苜蓿河，我的很亲切的感觉
开始有血有肉地
走入汉字

风景：一只水罐

定格在庄稼身边
父亲，抱头看一只水罐
深深浅浅，这模糊不清的纹路
是水走过的声音

紧跟人群，水罐
深入国土的水罐
东方的智慧，亘古装进
一个鼓凸笨拙的腹内，而持久流出的
是锋芒毕露的烈日下，能够救活
农业的水

凝望水罐
父亲的脸上，突然裂出
一道远比泥土，还要破裂伤心的表情
看一眼，明白日子在这里
是为水而忧。贴近水罐
谁不舔出一唇悲凉？远在天边
一簇还阳的圣火

放下抱头的手
我仁慈的父亲
用尽残剩无几的力，抓起那双
黑亮至极的罐耳
想一饮而尽

最后的祈祷

远水的地方，我的忧伤

是无法握湿的，悲怆的泥土

看一阵贴身的庄稼
想自己是某种耐旱的植物。山坡上
有风翻动古旧的玉米叶子
没有歌声的眼角
一路流血

最为怀念的
是念水一生的母亲
一个很浅的黄泥瓦盆，洗净了岁月
瞻前顾后的尘埃
至死，才沐浴一次
生命的圣水

想起这些
我为水彻裂的心
会不分黑白昼夜地，步入一种
最后的祈祷……

母亲

在光芒惊破的云雾里，让我脱下
穿过昨夜的寒衣，看看朝向太阳的掌心
落满尘土和泪水

一天开始了。从大地古旧的边缘
迅速驶过来的三驾马车，是乡土教材中
最能表现北方的插图

望着阳光下面，在山水里生活着的人群
我想农业，是一道抹不去的风景
是一座伤心的家园

这时，我能伸出双手
拦住走过田野的农妇，能够与她讨论
那片落在万物上的阳光

她的土布长裙，是笼罩大地的
一件完美无缺的织品，它让我·再想起
那些在民谣里，还旋转着的纺车

她的日子，她的灵魂

她的落在腊月里的大雪，是一卷比阳光
还要白净的棉花

我知道，被阳光浆洗过的天空
是她抱在怀里的布匹，只要大风吹过来
她会把它，缝成大地的衣衫

太阳啊，透过打开的天窗
我看见坐下的母亲，正对着满墙的光芒
开始梳理，她凌乱的头发

大秦腔

集合起原始的舞者
我会站在，一座距离秋天最近的山坡上
把今夜的夜幕，迎面喊下来

五谷写成的，守护农业的台词
飞进你温暖的韵脚，我看见一只苍鹰
在岩画里收翅

那个把毛巾，突然缠成一对羊角的男人
他身后的碾子
围着一群女人，也开始滚动

挂在天上，日子
是一面敲不破的铜锣，照碎今夜的山川
是祭秋的烟火

想起羊群，像一片滚过来的流水
让我把干裂的双脚
埋进被戏文清唱得放出亮光的泥土里

也让我洗一洗，这双远离了

一大片草木的手，在那些陈旧的脸谱上
弹奏乡村衰败的夜色

那是谁，跪在水边
把握在女巫手中的神灯，在秋天的边缘
咬牙夺过来

一盏又一盏，在祖先的河面上
能够点亮流传下来的圣物啊，还是那本
大秦腔

夜晚降临

被坚贞的雨水洗过，山风
多像我握着的一把石器，在土地的边缘
打制它的牌坊

夜晚降临，纸一样薄弱的天空下
女人的目光，一撕就破
很重地覆盖在我的脸上，是她们的泪水

空气中只剩下
一些能够穿过血肉、也穿过骨骼的母语
我说土地，那是谁的手指

那是比遍地闪亮的瓦砾
还容易划破嘴唇的手指，在我的伤口里
它比传统的丝绸，还要光滑

让我摸一下，到处都是一堆新泥的山冈
再把山冈上面的月光
骨镯似的，戴在她们的手上

望着在极远处
还一脸乡愁地，保持着一身美丽的桃花

我突然想起，一切远在春天

远在春风死去活来的扑面中
远在春雨忽冷忽热的清洗中
而在土地的边缘，永远是跪下去的山冈

夜晚降临，夜晚啊
让山冈跪得更神秘，也让山冈推远的土地
只收藏一件嫁衣

大地

降下十二月的大雪，天空啊
请在我骨肉单薄的身子上，撕去挂满
农历的最后一天

一年到头，我不停地挥洒在大地上的汗
把周围的事物，染成血的颜色
灵魂的灯下，点燃的是今晚的掌心

握住大地，让我用残剩的力
和一阵在爱情中，突然化为蝴蝶的愤怒
把天空，织成银色的布匹

坐在大地的边缘，我在野风中
念着牧歌的亲人，他说冬天就要离去了
他的牛羊，要落在地上

这时，雪在天空
是我仰望了很久的，一条融解恨的河流
写满大地，是对爱的回执

看一片雪花，把我终生怀念的一片地方

贴在黄土的心脏上，我的新娘
请呼吸新年的快乐

穿过稻草人的童话，看我把大地上
生长得神秘的五谷，从一个女人的怀中
献给另一个女人

握住大地，我最有力的一次
是在故乡土黄的衣衫下，带着腊月的雪
握住一根，很温暖的骨头

民间艺人

农耕的祖先死去之后
只剩下一个埙，一个把泥土深处的声音
从黑到白，吹得滴血的埙

太阳的身子，是被女人的手
无数次剪贴下来的，一块血红的护符啊
为你打开，是一扇平安的门

民间艺人，你是哀婉地
留下一条倒淌的母亲河，眼中满含隐忍
从北风里逃出来

而在沿途走过的
每座黄铜似的山体上，你用最后的雪水
把埙的线条，画得很深

有一群疯狂的牛羊，是听醉了你的埙声
一头撞进画里，溅上去的蹄花
神秘如碗莲

莲上有水，是照亮星夜的那一碗水

莲下有泥，是捏下白天的那一碗泥
埋不住的埙，被风翻出

这不是阿炳的
《二泉映月》啊，在解开绳索的黄土里
一夜不歇的埙声，会把成群的牛羊吹倒

日暮乡关
看见你缓缓地摘下白色的帽子，我的心
也在祖先用过的月光里，突然沉下

老照片

停在乡村沉重的边缘，一驾马车
把比岩画还要粗糙的农业，残留在一组
老照片里

无法剪辑，那匹在旧景中
口吐鲜血的母马，让一群失去母语的人
无序地漂泊

而我知道，有一片不死的月光
会把劳动者的喘息
从一把生铁打成的镰刀上，真实地传来

站在乡村
血色的封面上，我只知默念一对男女
从早到晚，从活到死

他们相依为命的身子
早被一场大雪，覆盖在静穆开始失落的
一面山坡上

让我从熟悉的马车旁边，最后一次捡起

他至死不丢的火石
她日夜戴着的手镯

我不知道，背靠乡土
在没有粮食的地方，我能否彻夜地躺下
并且合上眼睛

一组无法复制的老照片啊
在不老的相册里，我们粗糙的大农业
浸透了泪水

卷二 1990：藏下两种忧伤

这些年在长安

像今夜陪伴我的人
由于过多地，饮下这个季节的雨水
要把长安，剩余在她身上的温暖
亲自带给我

而一只飞鸟
读破天空的隐痛，让我躲开
一些人的目光，去看另一些人
从怀中掏出远行的灯火。这些年在长安
只要我抬头，就有一个人的影子
或一个人，执意诵诗的声音
穿过上帝手中的粮食，占满我
丰收的天空

这些年在长安
我像一位，用身子守护亲人的人
碑石一样的背上，落着长安的阳光
也落着长安的月光。而嵌满箭伤的城墙
带着比箭伤还深的隐痛
排列在飞鸟，省略过的天空
像另一部唐诗。只要我打开

就有从源头，滋润长安和我的
一脉圣水

让我把一身的隐痛
从心的原点上放下，让我对陪伴我的人
把仰望长安的目光，成倍地聚集到
她的脸上

长安，另一种声音

行走在古典的长安
空对夜色，我不敢发出细草的声音
而把卑贱的呼吸，彻夜放在
城市睡去的阴影里
是一群农民兄弟

从长安的白天
退出来的身子，或冷或热
都结满这座城市的硬伤
而我在重复着，寻找日子的路上发现
有一群活的泥土。只要愿意
乡下的风物，都残留在他们的表情里
玉米或小麦的香甜，足以帮我
抵挡脂粉

他们不知道，十年前
我在泥土里挥汗荷锄时
想过长安的声音，是一片唐诗的声音
它缺失的一块拼贴画里，会有我吗
从白天退出来，跟着一群
农民兄弟，我突然看见

那块寄放在父母之乡的泥土
微缩在一个人，低下去的背上

长安啊，合上今夜的伤口
让我从卑贱者的呼吸里，用心倾听
你带有气象的声音，是谁喊我
一声兄弟

藏下两种忧伤

寄居长安，我一身的
伤痕，比起一个有泥土的地方带来的
镰刀单一的伤痕，要肤浅得多
而且，这里没有一处旷野
可以只落阳光，可以只让我
暴晒带伤的身子

镰刀的伤痕，确切地说
那是泥土的伤痕，故乡的伤痕
也是父母的伤痕，它一生烙在我身体的
哪一个部位上，哪里就至死拥有
疼痛之后的幸福
而镰刀的伤痕，割得再重
只要触到泥土，触到阳光
就会悄然愈合

很多年了，再也没有遭遇过
镰刀的伤痕，却从长安的冷漠里
浮华地传来，比镰刀还要冷漠的撕裂声
如果有上帝，他也会害怕这里
如果有阴界，我魂断泥土的父母

也会从泥土里，捎来口信
叫我回家

长安的伤痕，让我无法顾及
因镰刀的伤痕，而处处显得动人的故乡
如今，只有寄居这里
只有在自己身上，沉重地
藏下两种忧伤

西安时间

这是我日常生活中
享受得最充分的一盏灯啊：西安时间
像那些残存下来的塔，劈开天空的锋芒
会把大雁，一路驮来的梵音
按时传入泥土

接纳这些日光的流影
我需要一生的欲望，甚至让身体
漂浮到一条倒淌的河里，用激情触摸
那些还在半坡，与女人一起沐浴的陶罐
或在地下，遭遇牧羊人的秦俑
或在城墙，闲听泥坝的箭楼
而一枚金印一样的钟楼，只管把太阳
盖在每天的封面

西安时间，被钉上蹄铁
从大地原点出发，像我在梦中
曾抚摸过的昭陵六骏，关中这一册山河
盛开在它们蹄下，是一座殷实的
天下粮仓。渭水的走向
秦岭的走向，都是大地整体的

走向啊。西安时间
让我风追司马，能找到黄河
响亮在《史记》里的渡口

其实，我生命深处的
众多细节，都在西安时间里走动着
就像祖脉中的一处旧址，快乐地布满了
流年的伤痕

碑文

能被人从背后
拍上一把，或喊一声兄弟
他一直低着的头颅，会从他的肩膀上
活着抬起来

这是昨天，在一处临近
曲江的工地上，我的乡下兄弟
被我抓住肩膀时，我从他颓萎的脸上
抓住的感觉。我的心
在一瞬间跳过，大雁塔的高度
然后急剧地降落
甚至沿着，他庄稼秆一样
粗细的腿脚，被地面
撞出痛感

我知道，乡下的温暖
不能卸下，他生命中承受的全部重量
长安的苦役，也弥补不了泥土的清赏
为了抹去，乡村中那一块
麻木的愁云，只有用剩余的力量
复制着长安，消失在脂粉中的

那座园林。而芙蓉
正是他在乡下，守着窑洞的
妻子的名字

如果可能，我会吟一篇
叫作"大唐芙蓉园记"的碑文，并且刻在
他抬起来的头颅上

浪漫地上街

落在长安的细节里，我抚摸过
一个人的目光，再一次遭遇到
冷漠

这时，我想知道
哪里能寄放目光？比如灰蒙蒙的城墙上
比如闲在空中的大雁塔上
比如在乡下就很熟悉的杨树，而它
把眼睛长在身上看我
有一些人，整日从一块瓦片上
复述长安，就像我通过一些汉字
告诉你今天：我带着失恋
浪漫地上街

寺院一样平静的伤口
让我看出，长安身上的疼痛
开始被夜色，缓解在通宵明亮的大街上
而在窗帘后，谁用隔世的目光
听我走路？能把影子一笔笔拖入汉字里
长安，这么优雅地看你
就像昨夜，我解开衣裳

一个人看自己的身体

其实，我从未见过
这么厚这么重的黄土，落在大街的
隐秘处，很像一个人的哭泣
落在我的脚下

最后的葵花

缺少一把泥土的长安
更缺少一株，陪我在临近秋天的雨水里
为伤残的身体，收起一束
光芒的葵花

从一个人的喘息里，慌乱地走来
我不是一粒，无土就可以栽培的种子
温暖的乡土上，我浑身开得热烈的色彩
宣示着一个人，不会从血液里
放弃向上的冲动
爬过乡村，一天比一天矮去的墙头
我的疯狂里，穿插着
一把泥土的疯狂

而长安，在大白天转过脸来
也没有葵花
那种用纯金打造出的颜色。阳光的健康
泥土的健康，还有我的健康
至今被一个人，小心地放在
乡村很新鲜的呼吸里。一条葵花的金链
在我打开阳光，或自身的时候

把长安，从正面缩小
把乡村，从侧面放大

像最牵挂的人
突然走了，我在缺少一把泥土的长安
看到最后的葵花，是一个人
远去的背影

一封家书

一封来自乡下，被一双
从泥土里抽出的手，反复抄写后的
简约家书，沿着高速的
丝绸之路，向长安邮发

麦子的气息，在带有皱纹的
信纸上，比亲人的追问
还要厚重。而铿锵在乡下
一纸无规则的叙事，不是衣服的冷暖
就是饮食的凉热。至于城市隐藏的
诱惑与冲突，他们根本不懂
也不会在泥土一样干净的
家书里，问上几句

躲开黑夜工棚里的素歌
他像按住一块泥土，寻找开在
沟垄深处的女人花
一双眼睛，赶在他突然撕开家书之前
像另一封家书，把一路的苦旅
诉说出来。而我对于城市的
几条札记，要停在今夜

有关田野的阅读里

一封家书，把一位奔波在
长安城里的男人，从一些生活细节上
心疼地击倒。躺在失语的工棚里
谁能听见，他急促的呼吸

外乡人的身影

像一个瘦长的汉字
谁淡墨一样的身影，被残阳拓印在
长安的大街小巷？秦岭饮雪
关中落雨，凹陷的季节
加深着凹陷的部分

一个外乡人的身影，被早晚盖在
纸一样的长安
而藏在他身上，一片泥土的气息
在灵魂也难落地的浮尘里，一生找不到
扎根的地方。就像我
埋头走在城市的前面，却不知道
喊谁一声兄弟

乡下那双，拍疼肩膀的手
再也不会伸过来
纸上长安，谁把一大片透气的泥土
带到城里？我知道
这里带菌的阳光，也落不到外乡人脸上
这里黄昏的，界限
却突然模糊着，手上的指环

只要不被水泥一样的城市

当成一块破碎的补丁

外乡人很简单的身影，盖在长安的

哪一页纸上，都很温暖

摸出丝绸的感觉

泥土不再是我们的宫殿
而万物生长的阳光，只能在丝绸遗落的
一些破碎的乡间，继续让我们
摸出丝绸的感觉

流浪长安，我们身上的土性
再也找不到落脚点，生长其中
催促我们从根部，快速分蘖的庄稼啊
只在记忆里，站成一位女人
或一位男人的样子
长安残缺的街荫里，一株桑树
把追问者的目光，投向比瓷还要莹白的
蚕，或其吐出的丝

而一种失落的疼痛
像谁从长安以外的泥土里，伸出
骨节粗大的手指，在我情绪复杂的脸上
抽出单纯的丝。长安细腻的风里
再也闻不到乡间的气息
阳光，落在身体的突出部位
却不像在田野上，能够雕塑

我们的立体

这时，我只有咬牙挺住
因为没有一座萎缩之后的山水，能让我
从中摸出，丝绸的感觉

打工者的黄昏

退出白天的恩怨
长安灼烫的黄昏里，谁在一圈
土崩瓦解的城墙下，留出废墟一样的
位置，等待一群打工者
忧郁地靠近

我不是旁观者，执意跟在
这群外乡人的身后
听见他们，裂成瓷片的嘴唇里
浓重且急促，是保存完整的乡间语言
藏下伤疤，我贴紧骨头的温暖
此刻，被身边的黄昏点燃
又被身边的
乡音，彻底熨平

而打工者的黄昏
千篇一律，被钉在灯盏漫游的城墙下
苍茫复苍茫，穿过黄昏的街面
谁游移不定的目光
把一部纸上长安，突然割成
几页残卷？我肝火攻心的

兄弟，请从今夜虚设的景色中
收回那双，在外乡风物里
没有尘埃的眼睛

其实，我是今夜的刺客
跟随一群，在黄昏里躲闪的外乡人
我只能说，所有打磨在乡间的
尊严，都是他们今夜
放不下的痛苦

我无法劝说谁

像一个人走过青春期，长安
你沿哪一角街景，飞来的眉眼
都不会在一群，开始沉入底层者的心里
掀起微澜。就像我
看着钟楼，熔入落日的金顶
也没多少感觉

而从外乡走来
古风飘零，我的一群兄弟
他们最初的陶醉，绝对不是肢残的秦俑
能够理解。小心地踩着
陶和瓷的碎片，一幅唐诗的
地图，曾沿着长安的子午线
打通我脚掌上，所有通向情感的
穴位

其实，从外乡走来
一脸的深刻，或一脸的麻木
都不能说明什么，更不会被旁观者
有意记住。自从典当出纸一样厚的命运
我就省去多余的目光

一心审视自己：仰望星空

还能发出土地

处于生长期的呼吸

在一切都不十分确定的

长安，我无力劝说谁放下沉重的乡间

从岁月磨破的肩膀上

简单的生活中

长安最简单的生活中
我们也是一群弱者。倾斜的都市里
我们倾斜的日子，总会受到
意外的袭击

外乡人微薄的身份，让我们对泥土
已没有了仇恨与热爱
而对借我一生的长安
会把生命中剩余下的热情，全部拿出来
然后，像婴儿把双手
插进一个贫瘠的胸膛
我们想把目光，插进长安
衰绝的呼吸里

都市里刻骨的冷漠
让我们无法去怀念，激情燃烧的岁月
长安最简单的生活中，我们天生要承受
一种冷漠的审判
生活在别人浮华的外表上
谁能陶醉？请记住那些
被泥土埋没的人，才是泥土

最后的主人

而我们，只有把自己
埋没在长安的每一个细节里
才能在简单的生活中，让弱者遭遇
一些生动的场景

长安之夜

许多想歇息一下的人
又在长安鲜艳的夜色里，变得精神起来
藏在大地，子宫一样收缩的
肌肤里，是被阳光
遮挡了一整天的隐秘

这些隐秘，会让一身脂粉的长安
自己揭去表面的温情，看到深处的病灶
而我的不安，来自我不能得知
那些和我当年一样出身的
乡下兄弟，他们如何
对这座城市下手？他们身上
那些很野性的东西，能否感动
今天的我

他们今夜身在
这部废都的哪一个章节里，并不重要
重要的是他们身上，有没有故乡的痛楚
他们心里，有没有亲人的印记
相关于泥土的，一些情节
放在乡下，或握在手上

都无法减缓，他们步入夜色的脚步
像一只鸟，避开楼群的锋芒
歇下白天的一翼，打开
夜晚的另一翼

其实，在长安之夜里
所有的富人，早已隐身在市井的另一面
只有一群穷人，像在刀刃上
享受或者挥霍

土门，遇见民间诗人

坐在一堆，废弃后的水泥里
他冰冷的目光，越过长安表面的诱惑
在土门一隅，带着一身的
伤逝移动，或者停在
对面的草坪上

离开泥土，他不懂得
废墟上的吟唱。所有背离乡村的
日子，都在汉字里
帮他跨越城市的门槛。而沿着唐诗的
一卷地图，打开他歌喉的鸟
早已飞远。像一个卷走
夜色的女人，他隐居多年的爱
也被谁从土门的伤感里
一夜卷走

藏在内心的诗，只有等待
最后的成熟
那些站在高原上，曾经燃烧的向日葵
悬挂在城市的庭院里，很像一位
弯腰生活的病人

让我从雁塔顶上，依次收回
长安的七重目光，依次记下
他吟旧的七律

守在土门，他写诗的手
留在一卷，银杏叶一样苦涩的草纸上
还是那对坚硬的骨节
以及在骨节间，磨合得亲切的
民间的诗句

两个误了返乡的人

长安失眠的夏夜
抵头在一片苍茫的城墙边
两个闲散下来的外乡人，想起用一对
撒野的目光，试探这座
城市的表情

纸上长安，烙在我的背上
是阳光的只言片语
而外乡人的记忆里，已经度过的日子
像一块破碎的画布，涂满城市
语言稀薄的角落
临时告别，贴在瓷片里的白天
只有弯下，庄稼一样的腰身
让隐去疼痛的骨架
卸下持续的高温

彻夜背靠，谁也不会犁开
去点瓜种豆的城墙
他们推不开这些别人的城市
至多对准，一座建筑不土不洋的影子
随意踢上几个浅浅的脚印

抵头在一盘，没有下完的象棋上
突然听见乡下收麦的
镰刀，已经带着无畏的响声
割过楚河汉界

望着城市模糊的表情
两个误了返回乡下收麦的人
扯一片长安的夜色，把身上最刺眼的
伤口，包扎起来

一块灰色的地方

一位外乡人的激情
开始怎么燃烧，我知道
而长安所能献给他的，藏身的地方
开始有多冰凉，我也知道

只是他内心，带伤刮起的风暴
隐退了没有，我不知道
以及这些冷漠的水泥，如何坚硬地
拒绝着一颗种子的扎根，我也不知道
就像今天的葬礼上
不知道别人胸前的白花
与谁有缘？打开长安的
一部《病隙碎笔》，我辽远的目光
总碰着他的侧影

而穿过这里的疼痛
他吟出的《刺客行》
全是咋天，我·个人拥有的诗句
从外乡的泥土里，他带来的花朵
救不了在城市表面上
攀附的草木。埋掉百种感觉

他只要一句话

纸上长安，走出简化的汉字
从一张牛皮纸的背面，读到一位
外乡人的留言：我用泥土的身子
装饰过一块灰色的地方

风一样的男子

从钟楼出发，沿着四个
没有弯度的方向，一群风一样的男子
拎着长安的速度

从环城到绕城
长安，用一把剪刀的锐锋
不断剪开，地理深处的死角
这些带着疼痛感的大道，让风一样的
男子，遮住头顶的光芒
也要提升，一座城市的雄性
低回在细草之间
不是他们有力，且稚气的喘息

而更多的时候
他们像民间极具夸张的剪纸
把长安容易阴下来的天空，贴得晴朗
集体翻过唐诗，吟诵得最狂放的一页
我在他们容易愤怒的
脸上，读出一副
招魂者的神态

风一样的男子，突然转身
告诉我如何把一只羊，从一个人的
长安，不带伤痕地
送出去

弥补空白的天空

我说长安，放下你
已经鸟声稀薄的天空
一塔如雁，带走多少人脸上的阳光
而遗落下的心病，是不再抬起
仰望的头颅

一个外乡人的记忆里
要知道庄稼，是否在贴身的地方站着
就从墒情充足的泥土里
取出一生，都在抚摸谁的手足
然后抬头，看擦洗山水的云
飘向谁家。而失去鸟声
长安的天空，多像一块
不会呼吸的肺
也像被阳光以外的
油彩，抹脏的一块画布

长安的天空，藏着生活中恐惧的片段
这不像在外乡，越过泥土的踏实
人们会抬头仰望
即使镰刀，割破手指的黄昏

一朵没有血腥的花
也要用仪式，纪念天空

我说长安，放下你
无法收藏的鸟声，让一片外乡的
干净之云，弥补空白的天空
以及我们，仰望的姿态

一个人的战争

喘息在长安的病隙里
传播我们内心的风暴，一张粗糙的
新闻纸，只用粗糙的文字

而更粗糙的，是无心投放
善意的情绪，只在纸上建造
一个人的围城，让误入长安的外乡人
时刻抵御，这些带菌媒体的
交叉感染。解开包藏
一座城市尘垢的拉链
我看见，所有的污水管道
都在排放当日新闻

放弃默守，我自在的选择
是躲在一位女孩的身后
欣赏或描绘，她形体深处的简笔线条
其实，这才像一个人的战争
让外乡带给我们的日月山水
在和平门外开始陶醉
然后吸一口气，再轻轻吹动
纸上长安

而身披战袍一样的
丝绸，我在一部手抄本的自传里
早已热泪盈眶，并且找到
走出围城的路

布匹店

没有土地的长安
需要土地一样的布匹，覆盖或温暖
它日夜晃动的身子，被春风一层层脱薄
又被秋风，一层层加厚

布匹店，守候在长安
最爱转弯的街角，像另一种土地
专为欲返自然的市民，出售纯棉的爱情
一把铁打的剪刀，一根木质的尺子
一块棉织的布匹，被一群
穿插出乡土气息的女人
随意裁剪。阳光移动
她们绸缎的影子，被拉长在
土地一样的布匹上

而土地与棉花
棉花与布匹，布匹与长安
这些物质之间深藏着的关系，她们不懂
对于这里，她们只懂一块布匹
比一堆粮食重要
于是，她们的剪刀

沿着长安的胸围、肩围和腰围
移动下去，热爱下去

一匹布，展开在阳光下面，
把一群裁剪自己的女人，直接推到
长安的鲜亮处

长安的青春期

沿大雁离去的
所有方向，要找回长安
消逝在一个时代的青春期，只有打开
一卷唐诗，或一幅关中的
心灵地图

俯首黄土的苍茫
一驾在丝绸之路上的马车
正从前边赶来。我不是驭手
踩着唐人的，藏满月光的车轮
黄金一样的大道上
我突然念出了，一些被方言
误读成绝响的诗句

更为传神的细节
让我从中，念出了青春期的英雄
和一群美人的名字
长安啊，如果再能念出你的一段山水
握在仰望者手上，就不会是
一把冰凉的花瓣
而我，还想用唐诗

念出秋风中的一些落叶

也只有这样，因为长安
用青灰色的砖块，垒下一座土城
也用青铜一样的汉字，穿越废墟
垒下一座诗城

今夜月全食

月光被突然折断
驮在城市背上的，黑丝绒
也紧跟着降落下来。长安今夜的
天空，挤满复杂的眼睛

今夜月全食。这条传递在
末班车上的消息
让一群从白天走出来的人，想起退到
墨一样的天空下，要不要隐去些什么
就像我，被谁从手上
取走最后一部家书
还要留下，一个阅读者
自由的盲瞳

今夜月全食。挤在一群
场景见证者身边
我真的忘了，月亮今夜悬浮在地球的
哪一面？而单纯地踩着
天象节拍的长安，拂去尘埃
不就是活在唐朝，帮我举杯
且邀月的诗人

让一片纯银的夜色
在月全食踩灭天火时，突然死去
又突然复活。也让长安
陷入慌乱的脸色，恢复一位美人
原先的光彩

落雪的长安

渐渐冷起来
渭河的身边，雪也落了下来
并且跟着，吹疼大平原的风
把秋天撕裂得太深的伤口
一路缝补过来

直至长安城墙上
那些青灰色的垛口，雪的声音
都在反复绘制着，一幅唐诗的地域图
只有雁塔挥手，铺排开
所有青石街面，让唐人的日子
押着韵脚而过。请问唐音阁主
千年之后，还步入茅屋
还用雪煮茶

我不是饮者
但一个朝代的气息
并没有远离平原。就像这雪
经历暖冬的劫难后，还沿旧有的天空
落到大地粗糙的皮肤上
爬上被雪粉刷得失色的城墙

我看见病梅枝头，爆发出
一束惊艳

落雪的长安，由你继续向南
把秦岭的内心点燃，我就用满纸的
汉字，把雪点燃

钢琴女儿

女儿的琴声

收藏在阳台上
我更倾向于，这时的长安
能细心地带着一匹抽丝的月光，坐在我
和女儿的对面

像翻动屋脊上
一片古典的青瓦，女儿的琴声
正沿着长安的呼吸，在我身上
很有节奏地流淌着。而反复地触摸这里
缺少云水的天空
让我献上，身体里的每一条血管
让女儿丝绸一样的
琴声，光亮地滑过

而真正被感动，女儿
在通往幸福的路上，细微地成长
她素净的手指，落在音乐的水面上
很像神在点击着，我心中最黑暗的部分
这也是每天，最神圣的时刻啊

坐在女儿的琴声里
我终于听见，年轻时的
心跳

为了热爱，我抚摸琴键
我试图把身体里，所有暗合音乐的起伏
都交给女儿，由她一人
独自弹奏

女儿的浮雕

雪从雪的家乡，一路潦草地
向长安走来。像一群离去很久的大雁
要把天空也放不下的牵挂
还给大地

我苦读童话的女儿
用她触疼，黑白琴键的手指
抚摸草丛里落雪时的样子，很像面对
一位美丽的公主，浮上脸的表情
应该比琴声丰富
沿着某个音符，不停流动的方向
她的手指，触键一样地
向城墙伸去

我在书屋里，叩不响的春天
被她突然叩响了
灰色的城墙上，她正用一片白色的雪
一个人替我涂写，长安冬天里的诗句
谁热泪盈眶地告诉我：城墙
这长安的琴盘啊
被她浴雪弹出，很久藏在
泥土里的声音

望着女儿稚气未消的背影
我把她涂上城墙的一片雪，当成
没有完成的浮雕，替缺少浮雕的
长安，在心中藏好

女儿的乐神

被一双音乐的手牵引着
七岁的莫扎特，熟练地从欧洲走来
像代替神，传播所有在天堂里
飘扬已久的声音

而暗藏在女儿的琴键上
莫扎特，多像一串神秘的音符
被一根洁白的羽毛，很浪漫地抒写着

欧洲画满神话的大地
七岁的脚步，踩过泥土
像乐神在一方毛边的纸上，不停地点播
高贵的种子。一片向日的
葵花，朝着天空深处的
音乐，开始旋转

女儿单纯的眼神，落在
琴键以外的地方，更像一汪音乐喷泉
白天或黑夜，驻守在琴键上
七岁的莫扎特，带着生命中的七个音符
茫然地游走。女儿敏感的手指
也沿着敏感的琴键
反复地超越年龄，触摸一位
少年的悲鸣

天真地在琴声里，倾听
一位乐神的名字，女儿还很简单的内心
开始想在琴键上，诉说些什么

女儿的手指

除过母亲的手指
这是我握得最多的一双啊

她很像众神，从一个遥远且神秘的地方
带着体温，递给我的
一段音乐

很多时候，女儿的手指
总是从背后递过来
像把一种丝绸的感觉，悄悄放在
我需要最亲近的人，倾诉或抚摸的心上
她被琴键，磨炼得动人的手指
握有众神享用过的音乐
作为礼物，我不敢过多地
接受或私藏

其实，我最想看她
用流动着一位诗人血液的手指
弹奏马勒的《大地之歌》，并且告诉她
我们不要天堂，要大地
要我的母亲一样朴素的大地啊
还要用一生，贴近她的某个部位
像一只蝴蝶，把飞翔
放在一片草叶上

如果我的骨头，能够打磨出
几枚雪白的琴键，我一定和女儿的手指
做最亲密的接触

女儿的黑发

梳子的响动，从女儿
透亮的发丝上，带着一天初醒的气息
很幼稚地落下来

这是我献出父爱
每天最早，读到的女儿啊
昨夜触摸过琴键的手，落在她的发丝上
像把另一架钢琴，秀气地打开
她梳头的动作，像在自己身体上
弹奏一些流水。一只十岁的
蝴蝶，提醒我
女儿的年龄

或许，这些晨妆中
最简单的动作，能告诉我女儿长大后
是一个什么样的人。她每天梳头的态度
没有超越年龄，但我能听到
梳子的响声，开始微妙变化着
像同一首歌，在不同季节
有不同的诉说。那把木质的
梳子，深入女儿的发丝
一定比我还多地
听到了什么

梳子的响动，是我每天
初醒后开始翻动书页时，一次被晨光
照亮的阅读

女儿的相册

追着蝴蝶的翅膀
女儿跑过的，每一寸土地上
都有一束光和影，穿过时间的大门
快速闪动

打开在我的眼前
女儿的世界，分布在长安以外的
大小山水里。她在我走得很累的原野上
抚摸一只山羊的时候，我的身体
充满了疼痛，而过后
是少有的快感啊
只是她太小，还不能直接
进入父亲的乡土，去抚摸
一群人的生命

而更远处的景物
夹在相册里，把女儿的姿态
衬托得更加可爱。我想

有这么多好山好水，一生贴着身子滋养
女儿长大后，不论在哪里
都不会孤独。款待过她的山水
会继续用真情，款待
长大后的她

只是我，退出山水的一角
要用当年摁动快门的手，很有诗意地
翻看这些记忆

长安六记

半坡记

鱼在半坡舞蹈。一块陶片
告诉我鱼在半坡，最初是和一束谷子
一块儿舞蹈

一块陶片，也带着一个人
手或镯子上的温度
告诉我在半坡，一位生活着的女人
把鱼纹和谷物植入盆底。荒凉的大地上
她不能省略服饰
也不能省略歌声。一只尖底的
陶瓶里，一片浩荡的水
合唱着为她祈福

而坐在水边
半坡，最先看见鱼群
大水的裂纹中，有一条突然游进陶瓶里
受孕的感觉，被一双手
神秘地捕捉出来，万物的腹部
迅速凸起，像一只陶瓶

一条鱼，游出生命的牝门
被封为图腾

半坡，铺开一块
陶片的红土，那些离我们最远的女人
走在黑色的花朵上，很像水中
起伏的鱼群

碑林记

一管手工的毛笔
一锭手磨的墨，几千年深长的呼吸
被一群集体舞蹈的汉字
或阴或阳地，留在一堆
石头上

只有阳光的力量
沿着时间的毛边，才能装帧起
这部用黑和白，听写心灵的长安之书
而飘逸其中，一个王朝的背影
在谁呼风唤雨的笔下，曾经临摹得
云舒云卷？陪一株隶书一样的
古槐，我在石门颂前
仰望和倾听

告诉碑林，只有把脚步
放在它的长廊里，只有把目光
放在它的前额上
才知道笔墨自由的诗篇，被长安收藏
而领我在异端或夹缝里
展露人性的锋芒
是挤满石头的汉字。追问在乡下
触摸过石头的手，今天敢不敢
触摸另一种石头

扶住一块碑石，我在笔墨
几千年黑白的呼吸里，听到历史
也站在一册山河前，开始磨墨
润笔和运气

兵马俑记

泥与焰，越过汉字的
最象形的记忆，把一群从黄土里起身者
很安静地送回黄土

泥在泥土里站着
而焰，深入泥的呼吸
像在一个人身上，藏下战场的喘息

像在农事繁忙的原野上，暗合千年伤口
却让旁观者，看见一棵桑树
正沿着一位俑士的泥身扎根
采桑子的日子，让谁想起
丝绸与皮肤的触摸
要比铠甲绵密

而站在一直拥挤的坑边
我怕，怕人群怂恿的目光
再次诱发他们身上的杀气。麦田如衣啊
还耕者一个朴素之身
握剑的手，握住一些手工的农具
像从命脉上，一把握住
失去多年的童身。让我跪下
追思秦人，一次盛大的土葬

泥与焰，在一块麦田下
已经彻底冷却。而手摸集体被缝补过的
肢残的兵马俑，秦人的气息
穿越汉字，扑面而来

大雁塔记

一塔如云，从一年四季

都有大雪飘下的秦岭山顶上
你为谁飞来？倾斜在长安清寂的天空里
一扇打开的红色山门，告诉我
一个朝代远去后
留在大地上的样子

大梦唐朝。从一个人
多情的怀抱里，我抽出丝绸
像抽出一条丝织的大道。而一阵机杼的
穿梭声，被大雁驮上藏满经卷的塔顶
那些化成佛影的青砖啊
还能向天空，发出长安的
七个音符！此刻
我不会出现在田野上，但我愿意
被当成一位聆听者

只要我抬头，藏在大雁塔上
或经卷里的目光，就会从灰色的砖缝里
向我袭来。那是一个人的绝唱啊
被丝绸铺软的平原上
谁会说出：我的关中
我的大雁之塔，像一个人穿旧的
一件袈裟，更像大雁飞落的
一根羽毛

让我沿着，你七个音符的高度
重读一位身披袈裟者，从遥远的丝路上
返回长安的表情。他的背影
不站在天空下，就被夹在
那卷经书里

钟楼记

一枚官治的大印
蘸满落日的红泥，把一页纸上长安
盖得皇天浩荡

一边敲日，一边敲月
把钟楼，放进长安的呼吸里
就像把一座城市的心跳，放在我的身上
隔着一圈，用青砖打磨天空的城墙
血色，从我脸上腾起
而一路仰望白云
或聆听花朵者，请先从心上
打开钟楼的印谱

完整地望着它
融在落日里，我不敢
伸出苍凉的手，去抚摸它神秘的金顶

盖在一卷，国画一样润色和饱满的长安
钟楼，像一方传世的闲章
在收藏者，用城墙装订的
长安扉页上，它被盖得
不偏不倚
蘸满落日的红泥

而有谁读过，一座在纸上绝响的长安
藏在身下，或阴或阳的印文

城墙记

火已从外表熄灭
火却把工匠们，那双沾满泥土
也沾满血丝的手印，浮雕一样
烧制在墙体上

这是西安
最坚硬的部分，也是城墙
隐隐发疼的记忆。像要聚集平原的气血
圈点大地的手，想把天下
放在一座四方城里。关中坦荡啊
只取一抔腹部之土
只用密布的火纹，凝固

一个王朝的背影

砌在城墙最隐秘的部位
一块青砖，能辐射出天地
不可逆转的力量。而一篇青砖上的文字
铺陈在阅读者的视野里，是另一种风景
我看见，西安的表情
怎样被城墙折磨着
而抚摸一些，青砖上的火纹
手工的温暖，唤我回到
被城墙密封的年代

其实，从外表熄灭的火
并没有从内心熄灭。那些把泥土
抚摸成青砖的手，正从城墙上伸出来
从我的背后，开始抚摸自己
或西安的肌肤

卷三二 2000：风把秦岭吹乱

一抹朱红

没有别的去处，只有秦岭
把一身风雪的衣襟
为你解开

就像我没有天堂
把生命累成碎片，也要落在
母亲的村庄

而很久地，荒芜在汉字里边
你更像一些孤本，读得我
把心悬在天空

如果你相信
还有最后的去处，就请接受
秦岭的签约

就请把翅下
那一抹朱红，像一枚印章
盖在它的身上

鸟的门，向鸟打开

在积满风雪的秦岭
一抹朱红，这些飞鸟的衣
像被山体，一寸一寸磨出的颜色
一只飞来，像把一扇
迷失的山门打开

一只飞来
像是衰败部落中，依然高贵的酋长
身后的风雪，再大也掩埋不住的朱红
把鸟的家族，涂进完整的山体
也是斑斑驳驳

一只飞来
卧在一树铁黑色的阴影里
今夜弯曲的月亮，可是鸟儿流血的翅
不要再倦飞了，让石头抿住嘴
让月光，为你们诵经

一只痛别秦岭的风雪
一只苦恋人家的烟火，其实山外
不是温柔之乡。看你们千里寻觅

我不忍心，把这个世界
写得很悲凉

你们真的飞倦了，就请带上
那一抹朱红，飞回秦岭清寂的深处去
不要怕那里的风
不要怕那里的雪，鸟的门
自古向鸟打开

一幅国画

像我的一生
沿着一个人的目光，高贵地飞翔
却把身子，很随便地
放在她的村庄

朱鹮，看见你从秦岭
一声不响地飞来
我空无一物的心里，再也装不进
别人的影子

谁说大雪无痕？在这片
比宣纸还素净的天空里
你像我用整个青春，完成的
一幅国画

而把你挂在
秦岭的哪座山峰上，才能表达出
我对于一个人的
忧伤的爱

活下来的飞天

像一群活下来的飞天
顶着风雪，在秦岭的上空
洗磨身后的洞窟

一抹朱红，印满石头
像一部神秘的家书；印满天空
像一件圣者的袈裟

我在风中，无力追赶
这些生性独立的飞鸟，我在风中
无力听懂，它们完整的语言

谁能把秦岭
从天空中放下来？我要替朱鹮
洗磨起落的地方

茅屋里

从大风的衣袖里，谁抽出雪掌
不停击打，表面上冷淡的秦岭
就像昨天进山，我被一群生动的朱鹮
牵引住脚步。跟着这些
大雪一样，不断飘过头顶的
神鸟，我把冬天的目光
放得很低

沿着它们，带血飞过的天空
我像在一个熟人的身上
羞涩地寻找，一堆正被放牧着的云朵
我深藏一切的巢穴，由一只失群的朱鹮
在寂静之中构筑
再一次靠近，这从大雪中
送过来的温暖，我只有闭上
读碎的秦岭

而与我，一起躲在
一棵苦楝树后的行者
等待一只，突然飞入一座寺院的朱鹮
从大雪拥挤的天空，把所有隐在

秦岭身上的墨迹
一页页拓印出来，然后依山
抽出几根肋骨，装订成一部
众神的读本

朱鹮，我终于梦见
一位守护秦岭的女神，把我的终生遣回
一座有你筑巢的茅屋里面
我缩在天空的心，也因此
放松下来

底色

一抹朱红，像点染秦岭的
一件衣裳
疾驰过天空，谁让风雪
把我多余的目光裁掉

口衔一根，古旧的树枝
像在我身上，啄下的一根羽毛
挂满眼角，是谁用生命
涂在秦岭上的底色

看见山水，被清寂地
领出最后一个雪夜
我不敢在天空，偷摸那些
细嫩的朱红

泥土的温暖

摸一下在怀中
停歇的泥埙，我嘴唇上的余温
还在。还像有掀得动一座秦岭的气流
在其中喷涌。我的泥埙
我不得不把目光，从朱鹮的身上
移动过来

我要在秦岭的大雪中
再一次吹响，这只简单的泥胎
我要听泥土，在经过火焰的磨炼之后
还发出泥土的声音。埙啊
告诉朱鹮吧：让我用嘴唇
与泥土生死亲吻者，让我用气管
与泥土深情呼吸者，让我用心肺
与泥土长久共鸣者
是谁

我不知道，拥有这只泥埙
就拥有大地，拥有五谷
也拥有河流，穿越泥土的每一个细节
把它携在身上，就像神

把灌满音乐的大地，安放在我们周围
此刻，只要有一只朱鹮
衔来一朵雪花，就能轻轻地
把它吹响

而我，只想让它
沿着一条神秘的鸟道，传遍秦岭之脉
为所有落难的，朱鹮
送去泥土的温暖

遗失的情书

落在秦岭的山脉上
一根朱鹮的羽毛，像一封
从天空中遗失的情书

它让我看见，古时候的美人
还没有走远，还住在我们身边
采茶，或者织绢

她们爱在水湄，遥想那些
千年以上的事情，她们灿若桃花
从青铜，移步到宣纸上

像大地之灵，她们飞翔
她们留下的一根羽毛，像一封
解读秦岭的情书

八片云朵

在八月刚立秋的天空中
八片云朵带着八只飞鸟

像秦岭带着八座庄严的神峰
像关中带着八座庄严的神庙
像长安带着八条庄严的神水

我替谁等候八只飞鸟
带着天空的雨水降临

剥开

把石头的肤色剥开
把石头的声音剥开

像一位游侠少年，把自己
放在秦岭的风雪中

一千年后，你粉红的双翼
还能剥开长安的夜色

朱鹮，在诗如雪飘的唐朝
我找不到这两个汉字

吉祥的符号

你很像神在天空
用心画下的，一个吉祥的符号
大地上，没有一只羊
不在吃草的过程中
还望着天空

你又像神在地上
有意丢下的，一块会飞的石头
绕过月亮的环形山
我看见，万物的心愿
是跟你飞翔

朱鹮，也让我像一朵云
等在你就要经过的天空

坚贞的身上

因你身上的朱红
素白地，落在我们中间的雪
也不再素白

因我一脸的寂静
粗糙地，吹过我们中间的风
也不再粗糙

此刻，无语在一块
被雪雕饰过的石头上
劝你把身子站稳

我是一个遭过难的人，想起雪
就想起有一年冬天，被人推到
一件忧伤的事里

看你不知仇恨的样子，我想
再饥饿的鹰，也不敢把目光
放在这么坚贞的身上

霜降

不能用手更改
秦岭的节气，只一次霜降
会使所有的飞鸟，不再用翅膀
去触摸天空

这一年中，最舍不得
荒芜的日子，卧在巢边
你不停地修补着，那对被风
吹得破旧的翅膀

有关你的歌谣，也被冻在
我黄土高原一样厚薄的嘴唇上
一年的漂泊，能否让大地
安排一次休眠

朱鹮，如果你相信
明年的天空，肯定比今年晴朗
就请把翅膀
修补得再结实一些

回响

落在风的视野里，朱鹮
把秦岭不朽的骨架，连同一身丰盈的
森林的饰物，坦然摇响

落在我的视野里，朱鹮
你是这个季节，唯一留下的身影
青山绿水，已被众神的羽毛
幻化成无数面雪白的墙壁，看上苍之手
把我心中的念想，写成献给你的
一曲颂歌。而我身上有关音乐的盲点
早让古朴的埙声，悄悄地吹走

这时的秦岭
像一架打开的，莫扎特的钢琴
被朱鹮灌满风雪的翅膀，反复地弹奏
巨大的共鸣，是山体默记的
始祖的音乐，正从化石里
被一片片剥离出来
而一只在山巅，飞得惊心的朱鹮
像我从一幅壁画里，动情看过的
远古的舞姬

朱鹮，落在雪的视野里
我不想把握紧的双手，分出一只给你
踏雪走在，秦岭的腹地
我抖落一身尘埃，也有千年的
回响

家祭

盼你在这个日子里
丢开天空，和我一块儿低飞
和我一块儿，把那匹不知伤心的马
赶到路边去

让迎面过来的雨雪
告诉你这个日子，像谁用草叶
把一道看不见的伤
留在走人的大地上

这个日子里，我眼角的颜色
绝不比你身上的朱红浅
念过父母的名字后，我就直呼
他们的邻居

想起当年，他们很像你
围着我不肯离去。今天
我会从身上，分·些东西
来家祭他们

最后一个图腾

不要以风，吹它的羽毛
更不要以雪，洗它的翅膀
那一抹朱红，就像秦岭的
最后一个图腾
就像从我身上
取下的一根骨头

就像我远离人群后
只能这样说：如果恨它
就把它送出去，如果爱它
就把它留下来
要守护住，它一身的美丽
也只有秦岭

风把秦岭吹乱

白日吹疼翅膀的风
夜里吹疼骨头的风
还能把秦岭，很稳当地吹到
朱鹮的背上

遭遇众鸟之神
就是它衔来，一枝含毒的野花
我也敢围住篝火
把正在诵经的嘴唇，一次献上

我更想让风
把秦岭从东到西吹乱，把我
裸着吹到，一座只有朱鹮
才肯守护的山顶

大雪不远

大雪不远，大雪覆盖下的
秦岭也不远。我的一曲泥埙
还没有吹完，我的最后一件防寒的衣裳
还没有完全解开
一片雪谷，已不可侵犯地
把我挡住

这里是人群
为拯救灭绝的神鸟
而自觉放弃的一小块土地。朱鹮保护区
五个黑色的大字，像秦岭突然伸出的
五根滴血的手指，能抓破每一座
远处的山峰。我近在咫尺
却像一匹马，把刨不起尘土的
前蹄，僵硬地放下

站在我的身后，万物啊
你们的神秘，就像一座无形而无限的
秦岭，应指令我
用神传授下的文字，或神传授下的音乐
来日夜颂唱。而在大地

和我的细胞里，穿过积雪
也要尽力挖掘
有关朱鹮的记忆

大雪不远，大雪覆盖下
那堆满沙砾的泉眼，在我不顾一切的
怅望中，也应该不远

秦岭不死

因你艰难的存在，一座秦岭
在我装着太多山脉的内心，不再是
一群死去的马匹

朱鹮，秦岭不死
你在秦岭的怀中，你也不死
把你扶上，一座被雪灌顶的
山脉的巅峰，我们与众神拉开的距离
就近了许多。鸟瞰这些
被雪一天天抬高的山谷
贴紧一片草木，我的身子
也在升高

我多想绕过，一座在前面
不停降雪的大山
今天，能与众鸟之神站在一起
就是被寒流，冻成一组简单的冰雕
也要安静地，等待一只
朱鹮的靠近。像一群从天边
飞奔过来的山峰，凝固在大地上
也要保持，马的姿势

追着朱鹮的身影，大气磅礴地
走过十二月的秦岭，被身后的雪衬着
我更像一匹，没有备好
鞍子的马

一扇木门里

把大雪交给，就要闭合的夜幕
留下双耳，也留下一天之中
在雪路上反复追赶我的，山鬼木客
听一只朱鹮，用雪擦洗
羽毛的声音

传遍秦岭，这些孤独的
接近人群的声音，不能被随意地放弃
我想有一些岩石，会洗掉它
原有的声音，只把朱鹮在今夜的绝唱
录在带磁性的石纹里。而所有的树木
会解开它越穿越薄的
一件衣襟，只等朱鹮
从子夜的昏迷中，带血落下
受伤的身子

软弱地靠在，被一次地震
突然堆在路边的巨石上
我不知道，今夜的大雪还能翻过几座
这样的高山？闭合的夜幕
会把几盏神灯

慷慨地留在秦岭？像一只狼
我想把今夜，从大雪的覆盖中
叫醒

从一扇木门里，挤出一双
唯一与我，还一起睁着的眼睛
我已看清，像凡·高发疯后割过耳朵
落在茅屋顶上，他也无法听到
有一只朱鹮，用雪擦洗
羽毛的声音

占满天空的秦岭

像手捧秘瓷一样小心
我把一只朱鹮，放在离心最近的地方
想让它逆光听一听，风雪过后
一位诗人的内心，充满着平静
还是骚动

对于朱鹮的热爱
让我像一位骑士，从一座古战场
追思到另一座古战场。而陷落后的身影
早已越过记忆，不再从天空
鸣叫着飞来。朱鹮啊
你众多的群落，含着怎样的一腔幽怨
离开这个世界？我今日冒雪
不知能否拾起，你藏满倾诉的
一根羽毛

我只有掏出人性中
最善良的部分，把这一只朱鹮
很小心地保护。就像我在冬天的古长安
把迎风走路的女儿，挡在身后
我不宽大的背影，立在广场上

就是一堵诗墙，由她读出
最温暖的句子

但我无法挪动
一座占满天空的秦岭，俯下颤抖的身子
如果从岩石，某一深刻的裂痕里
还能听出一丝，遥远的喘息
我就敢大声宣布：那些灭绝的
朱鹮，其实活着

守鸟人

为一群众神之鸟
把贫穷驮在，比岩石还粗糙的背上
顺风喊一声，我第一次觉出
守鸟人一生的沉重，就像一株玉米
立秋之后，在跌倒的原野上
还要咬牙站着

一座破旧的茅屋
在秦岭的深处，是谁替大地
插下一面招魂的幡？记住这草色的屋顶
朱鹮，就记住天空的道路
而守在茅屋里，一对守鸟人
把简单的日子，贴近一块土豆
放在火塘边

其实，他们才像秦岭
最后守住的一对山神
不管明亮的雪，从哪一座抖动的山峰上
吹落下来，他们扎实的目光
都会平坦地，铺在一群
朱鹮飞过的地方，都会让我

看见今夜的秦岭，在失去一些东西之后
仍然亲切地，睁着两双眼睛

像站在一块乡土上
我想轻轻地，替一群与雪共舞的朱鹮
敲开藏在，秦岭深处的一扇木门
而门后的守鸟人，最好像我的
一些亲人

神秘之门

用我收藏的一只泥埙
把飘浮在秦岭上空的大雪，吹落下来
把打磨过很久的天空，从一座丰盈的
山体上，轻轻移开

朱鹮，守候在大地
一道因白银，而气象苍茫的肌肤上
你应该知道，突然绽放在我的视野里
是众神用火焰，反复烧制过的
一堆岩画；是一位女人
用含满雪光的身子，替谁温暖
融解一朵恶之花。低垂下来
我和秦岭的目光，应该更深地
埋在一种狂想里

还有我的歌声
应该让秦岭上空的大雪，像埋葬一片
奔突过来的畜群。雪啊
在刻满鸟声的秦岭，我正好看见
一群野牛在山谷里
无声地陷落。几只朱鹮

却和一座奇峰，在接近你的
高处静卧

这时，我只有设法打开
藏在秦岭身边的，所有神秘之门
也把我用汉字，为大地吟过的诗篇
用一只泥埙，吹给朱鹮

简体的飞翔

众神亮出，指尖的光环
而朱鹮，只用一次简体的飞翔
就把一座秦岭，迎面打开

守候在季节的，二十四个画面里
我看到农事之外，这些生性孤僻的鸟
一天比一天，飞得苍凉

穿越天空，它们的身影
在我无力追赶的风中，多么像一封
远古的遗书

秦岭啊，能帮助我
从一幅岩画里，读出仓颉造出的
两个渐飞、渐远的汉字

被时间误读

这两个读作朱鹮的
汉字，埋没在秦岭尘封的档案里
像一组方言，被时间误读

两块擦伤所有岩石的碎片
今天，要从我仰望一座大山的目光里
擦出夜幕也遮挡不住的朱红

历史的天空里，我是读者
我的身影，注定要沿着朱鹮的名字
在遥远的山体上移动

然后，心无旁骛地
拣起岁月，存放在秦岭宽大的手中
或我视野深处的一根羽毛

抖索的手

沿着山体，筋脉一样的走向
一种植被，接替另一种植被
向我传递秦岭的体温

不要打破
一条静下来的山脉，和一群飞鸟
保持在黄昏里的秩序

就像泊在泥泞的路边，一间低矮
又残缺的茅屋里，却留着生命的
最原始的冲动

从一路发热的，山体上面
为一只受伤的朱鹮，我取出一双
抖索的手，采向一根草药

一只飞鸟的高度

落在尖锐的岩石上，我的手指
像一节攀缘的蚯蚓，爬得只剩下
最后的痛苦

和痛苦深处，那一抹带血的
岩石的纹理，替一只突然收翅的朱鹮
刻下一次，只有我感觉得到的心疼

也只有我，守候在秦岭
一幅没有多少表情，也没有多少
语言的地图上，测量着一只飞鸟的高度

挤过山脊与天空
留给历史的夹缝，我被汉字
灼伤的目光里，开始落雪

心跳

这场缝合大地的外伤
也缝合内伤的雪啊，飘落在前边
像一卷丝绸

那些性温而味苦的
民间的草药，像一位投身山水的画家
记忆中一个人的剪影

而一群朱鹮，追赶着
进入冷色调的山水，已经飞倦的翅膀
落在丝绸的一角，像谁按下一枚印章

一卷铺开的秦岭
一点红泥印痕，替谁压住
藏在画里的心跳

孤独者的声音

走过王维的山水
落在雪中的秦岭，终于给我捧出
一卷入画的唐诗

这些写给朱鹮的
苍凉的绝句，被劲吹了一千年的大风
逐字刻在，秦岭的额头

像看见神的指环
我从一大堆，歇落过朱鹮的岩石上
看见几个神秘的文字

或许，这真是岩石的裂纹
但孤独者的声音，在山体破碎之前
就落满我的头顶

红晕

我的头顶上，突然落满了
月光的翅膀，以及它要穿越
万象时的隐秘

秦岭黄昏的秩序，此刻
被几只朱鹮守护着，也被几只朱鹮
不留痕迹地打破

靠近我守夜的
一块在细草间，有灯盏漫游的洼地
谁的目光，站在更高处燃烧

让秦岭升起来，我从内心
连续听到的喊声，却被扑面的山体
撞出一片愤怒的红晕

血脉之上

朱鹮啊，倦卧在我
最疲惫的时刻，你的神态
让沉稳的秦岭，也感觉到眩晕

一阵风，一阵只让羽毛
标出山水走向的风，狂吹到我的身上
却像岩浆，要把大地凝固

这时，我问自己
这座把两条河流，从血脉之上隔开的
山体，应该是谁的家园

秦岭之北，我清贫的目光
曾经跟随一只大雁，一路丰满地
飞向南山

又见南山

又见南山，这句在大雁塔上
抬头碰着目光的诗句，把一组困扰
心灵的死结，打在秦岭的深处

我能用什么，在距离朱鹮
最近的一面山坡上，突然掀开草木
发出众神的声音

我又能让谁，赶在前边
把一条被鸟声，浸润得很潮湿的山路
在诗句里反复地晾晒

其实，我已经选择了
众多带有灵性的汉字，就像天空
选择着有灵性的云彩

内心的火焰

这些灵性的汉字，会沉思着
解开我锁定在声音里的，全部秘籍
然后，开口朗诵

六月的秦岭，如果有雪
就把我倾尽生命，吟得最苦焦的诗句
雕进远古的冰川

让它沿着，山体新裂出的横断面
神圣地垂落，直到接近
一只飞得最低沉的朱鹮

而内心的火焰，翻腾着
早已越过肉体的洼地，把我托举到
一个能够自治的地方

再敲秦岭的柴门

朱鹮啊，从我渴望
一只求援之手的眼神里，你应该读出
远离鸟群的人类，有多么悲凉

凿入冰冷如铁的岩石中，是谁
追悔莫及的残影？而这些神色茫然的
漂泊者，正被山水整体地微缩

此刻，我渴望有人
从长安城里走来，沿着秦岭的北坡
打开一卷，唐诗的地图

不要发出声音，等我
从脸色里退去，那些断断续续的病隙碎笔
再敲秦岭的柴门

轻轻啄开

这时，我从终南捷径
遇到在辋川，按住千山万水
临摹心境的王维

坐在诗人心中，秦岭
就是一尊佛像，芦苇临风不定的样子
也有一种思想

而我，从他远去的
只留下水墨的背影深处，知道是谁
驮着天空在飞

不要用手，一卷尘封的地图
只需一只鸟儿，对着天空的叫声
就能轻轻啄开

描绘朱鹮

对着被风锈蚀的秦岭
推开木门的王维，要从闲云开合的
缝隙里，细读一些山水

而众神之鸟，飞过天地的
那一团影子，多像一幅抹不去的国画
悬挂在大自然的，红木框里

玉石一样的身影，被隐秘地
点缀在秦岭的细节里，擦净时间的
尘埃，哪里有描写它的汉字

我看见摩诘，轻点一抹
沉静的朱红，在一片唐朝的天空里
开始描绘朱鹮

一地星光

那时的秦岭，立在一卷
丝绸或者宣纸上，让朱鹮的翅膀
一路装饰着，大地的气象

越过山水，谁把一只
众神沐浴过的飞鸟，风情万种地
押在唐诗的，万种风情里

它嘹亮的喉音，落在哪一个
汉字的韵脚上，都像我唱得发蓝的
一地星光

而破碎的天空，从一座
大山的顶峰上，把一只飞倦了的鸟
纳入它，破碎的心中

让我仰望

朱鹮啊，让我仰望
天空的高度，从秦岭之巅的某一个
树冠上，把目光放出去

一抹朱红，把天空擦亮
把我多年深埋在，长安城里的头颅
也突然擦亮

岁月的尘埃，正从天空的深处
一粒一粒地隐去，滑翔在大风之中
是你点化山水的翅膀

让我仰望，面对一座
藏有你身影的大山，和大山之上的
隐秘的天空，让我仰望

牵挂

知道大雪就要封山
而我，用追求一位女神的心情
把剩下的时辰，放到秦岭的一块断岩上
放到就要痛快地降落下来的
雪的火焰里

但我不会孤独
从三个季节，远去的背影里赶来
我把被冬天，一路吹得火辣辣的目光
放到秦岭最隐秘的地方
然后等待，一场罕见的大雪
抹去秦岭，调和了一年的颜色
也抹去秦岭的声音
悄然留下，一条沿雪而上的
鸟道

这时，我全部的欲望
是为一只朱鹮，能够神秘而迅速地出现
能够给洁白如宣纸的秦岭，打上一枚
朱红的印章
我纯粹的梦想，就是看这些

众神之鸟，把状若祖脉的秦岭
飞成唐宋，或明清的
一卷山水画

站在留白的地方
我的阅读，穿透一根举重若轻的羽毛
所能书写出来的，有关朱鹮
有关宝石的，一段铭文
而头顶大雪，我发现秦岭
有许多牵挂

灯盏

面对突然飞临的
一群朱鹮，我在单纯的雪地上
放得很久的目光，像要接近一次失明
升入众神的天空，我的前边
像走着诗人荷马

能为朱鹮，吟一部史诗
我愿放出灵魂，在秦岭的断岩上游荡
更愿一个人，把身子放在
寒冷的山口，让诗经里的
国风，吹疼我的头颅
而留下一行，最好的文字
我要用它，翻译出朱鹮
消失在人间的一些背影

我就是荷马
在秦岭的大雪中，我像盲人
一样行走，但收藏在内心的光芒
让我抹去泪水，和一只幼小的朱鹮
靠拢得更近。含在大气中
金属和盐，像我忍饥吞下的

两片酵母

仰卧在秦岭的怀里，掏出泥埙
我要接着天空的声音，一直吹下去
照亮我和一群朱鹮，是诗人荷马
手里的灯盏

卷四 2010：忧伤像一盏灯

审判童年

跟在羊群身后，我的身上
不是被腥膻味浸淫着，就是让遍地草木
包裹得，密不透风

我的童年，写在一只黑山羊
逃命的山坡上，身边没有摇曲
也没有文字激扬起的风声。我在半途上
守着一撮野草，守着马坊的
一间沉重得，没有光线的房子
我不浮想联翩，只要身子里
能有黑山羊的，一半温暖
就会滴下，满目的泪水

其实，许多个中午
我是一个人，在村子的夹缝里
浪费一天最好的阳光。一棵虬曲的树下
我从杏花中，把青涩的年龄摘下来
把更多的懵懂，藏在父母
吃力走过的地方。我的血液
有一半，抛洒在背叛的路上
悬在我的心里，也有一多半

童年，没有顾上落地

要使马坊，当我是它最贫穷的
一粒好种子，就把我撒向一群人的身边
我要学着，再成长一回

触摸我们

触摸我们，触摸我们
这些事物，发自内心，而又无声的要求
只有我一个人，走过它们身边时
才能惊心动魄地听见

就像一株谷子，一株喂养了
祖先和我的谷子，我不知道
在它贯穿天空、土地，和我生命的时节
只祈求一只恒温、亲密之手的触摸
而粗心，让我错失，和事物的交流
它们的内心，都筑有一座
轻易不可以窥视的花园

而我看见，从一座被土墙
围得幽深的院落，到一片
被西北风，吹得开阔的，马坊的田野上
母亲的手，一生触摸着，众多事物
有一些，草木的神秘
都在她的日光里，照耀出
一个村子里，一些人身上
临终的幸福

触摸我们，触摸我们

这些熟悉的，在我身体里，扎根的事物

让我恍然大悟，让我听见它们

一生怀有，细微的要求

扑蝶者

从苜蓿地里出来
我的身上，像穿戴着一身飞舞的蝶衣
头顶的天空里，也落满了蝴蝶
粉嫩得让人心慌的翅膀

确切地说，是一地苜蓿
淡紫色的花朵，把一个不只胃里
装满饥饿的少年，仓皇地引向
在马坊的原野上，普遍生长得高贵的
蝴蝶。我一向低沉的心里
突然衣袂飘飘，原来是它们
托举野性，十足的苜蓿
留下，一封情书

更多的时候，我是踩着
一地的苜蓿，也在狂想的节拍
扑打蝴蝶飞过时，漂染得发香的尘埃
能看见天空，却看不见天空里
蝴蝶们，纷飞的痕迹
其实，长在低处的苜蓿
只要抬头，蝴蝶一身的

隐秘，都在它紫色的
头顶上，像衣袂飘飘

而在乡亲们，纯朴得没有
一丝怀疑的目光里，我顶多是一位
少年扑蝶者。我踩倒的苜蓿
比我误伤的，那些蝴蝶
更让他们心疼

一根钉子

许多时候，我们是一群
披着黑夜的人，就像马坊，一生替山河
披着一身，逃不脱的荒凉

只是在心里，不要捅破
这些糊着生活的一层纸
就像今夜，你的眼睛再刻毒，也看不透
浓缩在天空的一角，一个很小的村子
有多少土地，要通过熟悉的种子
才能触摸到，一些人内心
埋得深不可测的伤痛

也是许多模糊的年前
整夜守着，眼睛一样红肿的
一盏马灯，我和一村人，翻腾着土地
为了粮食，我们带着，一身的饥饿劳动
我的身份，也在一夜之间
被农业善良地修改，却逼我后来
一再挣扎，一再受伤

披着黑夜的人，这是马坊
在许多年代，生铁一样，死死钉在
我们身体里的，一根钉子

我心怀悲

我心怀悲。这是在马坊
这片连天的土地上，行走着的时候，我的心
通常超越肉体，有突然沉降的感觉

我心怀悲。我不要求知道
一个人和一群人，遭遇在马坊的，一条路上
谁会低头？谁会伸手？谁会哭泣？

我心怀悲。我早已准备好
被熟悉或不熟悉的，乡亲们，从头数落到脚
直至内心，听乡音的子弹，在心上飞

我心怀悲。我要一块石头
打磨我遗忘马坊的，那些流落大地的日子
我的苍天，我的神灵，我的父母

我心怀悲。我很愿意
在秉性难改的田野，接受一贯的，风吹雨打
甚或接受，一株小麦，穿心的芒刺

我心怀悲。我想沿着一段

年久失修的乡路，回到父母养活我的年代
一朵野花，在贫穷者的脸上，不代表微笑

我心怀悲。我伤痛的心中
如果能承受一座，你们生前死后，要藏身的
屋子，我会彻夜点亮，屋顶的灯盏

我心怀悲。这是在马坊
在我生死相依的，一片大地上，还没领受过
高于父母的，尊严或慈悲

让土地，干净起来

这是让我们，很羞辱的
一片暗伤，在众多庄稼，带着病相
生长的土地里，潜伏已久

土地连天，我已经不是
一个依靠土地，丰衣足食的人
但要养活我们的胃，只有干净的粮食
只有土地，在二十四个节气里
干净地呼吸之后，代替上帝
生长出的，那些粮食

也只有粮食
是最干净的东西，每逢节日
膜拜土地，膜拜那一群，庄严的劳动者
成为生命的仪式，却没有想到
干净的土地，被土地以外的人
肆无忌惮地，污染

其实，在土地上播种
已不那么阳光，被许多
带病的东西污染后，和土地相连的胃里

也不再那么干净。而被反复地
戕害之后，土地不知道
应该向谁，问罪

今天，必须以土地，不容污染的
戒律，抵制对土地的各种羞辱。让土地
重新在我们身边，干净起来

可以藏身的泥土

一个人赶路，我会把山
揽入我贫瘠的怀里，我会指点着
一些山岭的名字，熟悉地说出
马坊的过去

而一只，占据天空的
苍鹰，布景一样地，被摆设在我的头顶
我不敢仰望，一路被山，压抑下来
我接近死亡的喘息，还在胸腔里
打着沉雷。真的不知道
前边的路上，有谁点着
一堆取暖的篝火？有谁留下
一垄可以藏身的泥土

我渴望，那一堆篝火
是众神之鸟，点给我的大地之脂
而那一垄泥土，绝对是祖先，留在路上
等我人到中年，再来亲近。我要抬头
要对从天空，一路护送我的
苍鹰说话：让我缓缓地躺下
让一片草木，抵住我的喉咙

我们一起，起死
回生地呼吸

一个人赶路，我会把水
藏在我干旱的身上，我会一手抚胸
让流失了水的马坊
有水奔流

暮色看见了，一垄泥土

牛羊下来，是牛羊看见了
暮色下来

那一刻，我在马坊
就在《诗经》，采集豳风，必须路过的
马坊，被刻画原野的
暮色藏着

我怕我，过于贫穷的身子
成为熟悉的大地，在那一刻摆脱不掉的
阴影，我双手合十
我祈求暮色，把我深藏

但我不能，带着一身
泥土的忧伤，一个人无望地，离开马坊
沿着草木深入人心的根茎
哪怕拥有，一垄泥土

我就可以，把双脚插进去
把那些成色金黄的五谷，抢先种进去
我就可以，不受约束地

亲近泥土，直至死去

暮色下来，是暮色看见了
一垄泥土

就这样，活着

就这样活着：守住一亩小麦
守住半亩油菜，再在田地荒芜的边缘
铲除杂草，种下一些青菜

他的目光里：土地越来越少
粮价却越来越高，只是一年吃饭之后
没有多少余粮，可以卖钱

他的额头上：堆满日子的恐慌
房子已经很破旧了，那些不能丢的
农具，比自己还破旧

他的计划里：长大的女儿
要赶在儿子高考前，潦草地嫁出去
幸福不幸福，那是以后的事

就这样活着：他能意识到
弥补一生的羞辱，是在祖先的土地上
如何种出，尊严或幸福

最先疼痛的，不是大树

一直守着，乡土的大树
突然有一天，被城里人连根挖走
最先疼痛的，不是大树

农民进城后，身上才留下
城里的伤，这些背靠农民的大树
在进城之前，就被集体截肢

大树进城，这些被赶赴
一座喧哗城市的大树，没有一棵
不从断枝处，开始伤心

城市病了，这些很不像人
居住的城市，能够靠一棵在乡下
安静生长着的大树，救活吗

让大树愤怒的，是那些
运走它们的大卡车，一路呼啸着
又把城里的垃圾，运到乡下

因此我说，大树进城
是病得很重的城市，最后疯狂地
要从乡土上，挖断农民的根脉

大树走了，垃圾来了
这片生长过五谷，和大树的乡土
最先感到，身上的疼痛

只是我，从乡下进城
几十年后，再见到那些连一棵树
也要失去的乡亲，我只有羞耻

扶住她们，病痛的身子

穿过这些，低矮的
又破败的院墙，绵里藏针的
阳光，也很无力

我不知道，被围堵得
密不透风的人家，日子过得
是否敞亮些。一棵婆娑着，爬上墙头的
绒线花树，告诉我这里的女人
她们有多么贫穷。她们被疾病
折磨着的样子，在单薄的
衣衫下，正在失去
一座乡村，应有的美丽

她们身上，过多地
承受着乡村荒芜在土地上
那份必须用心情，或者伤痛，撑起来的
连绵不断的日子。不用我说
这些穿越过马坊，又降落在
院墙上的鸟儿，也想用羽毛
打扫她们头顶的天空

我想敲开，一扇土黄的木门
不一定要递上什么，只想伸手
扶住她们病痛的身子

针线，在布片上穿行

许多时候，我是一个人
坐在大地的阴凉之中，把心放在心上
很安静地，看着捏在
女人手里的针线，带着阳光
在布片上，寂寞地穿行

这时的布片，如同大地
这时的针线，如同河洛
这时的马坊，神正在我们身边行走着
这时，我看见一脸庄严的女人
把在心中，藏了上千年的物象
逐一绣在，陈年的布片上
有一匹马，飞过熟透了的麦田
用四蹄上沾带的，遍地黄色
给布片，镶上一道金边

等我从阴凉中，退出身子
看见这时的，一针一线
带着神的光芒，正在天地的心背之间
若有所思地穿行。我要大声疾呼
所有若有所思的，女人们

我们飞针走线，为裸露的山河
我们赶制，一件神的衣裳
而一块朴素得，不能再朴素的
布片，随时等待着
针线，和女人之心的穿行

而有针线穿行着的，阳光之门
我瘠薄的心背，被一位女人神秘的手
缝补得，一片灿烂

马坊的衣裳

一直穿在，我的身上
是一堆碎布头，经过季节的千纳万纫
有最亲的人，握在手心的温暖
也有大地，涌动着的温暖

不再是棉花被阳光晒出的白
一件五彩的衣裳，集中着天空和大地
生育出来的颜色。我的背上
有一片陈旧的黄土，我的胸部
有一片新鲜的白云，它们被集中在
一个女人的手里，就缝补出
我一年的精神。穿一件
这样的衣裳，在土地上成长
我的心里，充满感恩

其实，五彩一样
穿在我的身上，是马坊的衣裳
是一群女人，把天地和万物连接起来
取一块土地的暖色，取一块
云朵的暖色，再取一块
心里的暖色，给马坊缝一件

神圣的护符。我是她的
最小的儿子，我的生命
必须由这些，千纳万纫的
土布，贴身保护

马坊的衣裳，我出走时
已经把它脱下来，还给连片的大地了
我只带着，巴掌大的一块碎布头
时常打开，多在一个人的子夜

替身

牵绊着我，是缝缀在衣襟上的
替身娃娃，是对一些碎布块的
原始想象

十二岁之前，应该有
十二个替身娃娃，与我一起
瘦弱地成长着。看见他们，心里的紧张
会波纹一样收缩，会抓住母亲
缝制它的，那双神秘的手
不敢动弹。明亮过细瓷的
眼里，泪水流得
也很惊慌

十二个替身，曾经替我
背负过多少病灾？我不清楚。哪路的
厉鬼，把它们抓去，连同灵魂
一起，消解成长的罪孽？更不知道
在我解甲归田的那一天
在屋于的，哪个角落里
它们锈蚀着，我的充满
巫术的童年

替身娃娃，我始终记着

母亲为我叫魂时，抓住你的布身子

我的手心，一直出汗

连悲伤也没有了

山一样的黑夜
压了下来。马坊的上空
没有几盏星星，能够点亮今夜的黑眼睛
能够照耀他，把白天的悲伤
从心口，彻底摘下来

白天，他赤着一个男人的背
在风吹雨打的地头上，正发慌地劳动着
这里叫南嘴稍，他叫白菜的女人
下到沟底洗衣去了。一个季节的衣服
抱在她的怀里，有了温暖
也有了他身上，埋头在衣服里的
白天和黑夜。他要等着
一沟的流水，把一身的
凉爽送上来，也把她
湿润的气息，送上来

只是他还不知道，此刻
一场洪水，正在沟底发生
正在一个叫响石潭的沟底，把一堆衣服
和衣服身边的洗衣人，花朵一样带走了

他的赤着的背，有一刻
像被很熟悉的手抓着。那应该是
叫白菜的女人的魂，飘过洪水
从很深的沟底，再穿过死亡
已经上升到，他的身边

山一样的黑夜
压了下来。躺在剩下他一个人的屋子里
披一件黑衣，他抽搐得空洞的
脸上，连悲伤也没有了

饥饿到处流传

我是和饥饿，一起
被迫降到马坊的。我身体的许多隐秘处
都有饥饿之手，留下的伤痕

那一年的大地上
一个人挥挥手，这一册山河
就被寓言，疯狂地从每一个部位上打开
我的马坊，一个西北偏西的
小地方，一夜之间
失去田园里，久有的牧歌
我的父亲，要从庄稼的身边撤退
要在种植五谷的，泥土里
学着冶炼，它贫瘠的铁

而我的迫降，让一个农民
在一阵短暂的喜悦过后
知道集体的饥饿，更像一块巨大的生铁
撞伤所有的日子。他积蓄力量的胃里
从此很少有，粮食的痕迹
就是一把野菜，也要看着
晴天和雨天，然后

填补胃里，由于饥饿
留下的空隙

我的身体，带着父亲
咽下的饥饿，在饥饿中强压着饥饿成长
许多夜晚，是父亲的背影
让我忘记，饥饿到处流传

一株榆树之死

一道让马坊，失去知觉的
闪电，在进入泥土之前
把全部的力量，一丝不留地发泄在一株
榆树上。那一刻
我距这株俯视着一村的树王
只隔了两道土筑的矮墙

一株榆树，一株让所有生命
抬头仰望的榆树，在闪亮的雷电袭击下
被撕得衣衫褴褛。一身装点马坊的
榆树的威仪，被延伸的
伤口，裸露在一群女人的目光里
那时的大地，疼痛不已
那时的村庄，没有尊严

那时，我站在两堵矮墙之间
用还在颤抖的脚心，仔细揣摩着
雷电袭击一株榆树时，大地心跳的次数
而守护它的，主人一家
围着榆树雪白的伤口转圈
很像对一个离去的逝者

在村口，通向东南西北的
大十字，做着招魂的仪式

而后的十几年，是榆树
裸露着身上的伤口，含羞地俯视着马坊
直到有一天，被斧锯伐倒
做了主人家长者的棺板

马坊，要慢慢打开

马坊这一部书，已被山水
装订得太瓷实太素朴了，它的许多细节
不用出声阅读，也在我的胸腔里
和熟悉的，人事共鸣着

几十年后，我在它的封面
看见父亲，依然是大地上的劳动者
依然在农具的眼睛里，庄严地守候马坊
站立或坐下，都是一块泥土
生长中的尊严。我发疼的喉咙里
咽下旧日深处，那片烙满
伤痕的文字，再呼吸出来
交给惊蛰后的，大风
在田野上，活字印刷

马坊的手心里，谁能握住
山脉的走向，河流的走向
还有庄稼，在一村人生命里的走向
我更像一只，抱着头站在危崖上的苍鹰
只有父亲，能够无怨无悔地
召唤我沿着他的路线，在土地身边

伺机牺牲。我高过云端的
声腔，要冲破尘埃的阻碍
一声接一声地，喊父亲

而要打开，这一部被众多
劳动者，比庄稼还要直白的名字拥挤得
无边无沿的书，我必须告诉手指
马坊，要慢慢打开

一个人的背

这是我的，肉身子
一直熟悉的地方，也是我跳动着的心脏
穿过贫穷的胸脯，也穿过贫穷的
衣服，一生热贴着的地方

马坊一贫如洗的，江山上
我那时只紧跟着，他踩满灾难的
脚步，欣赏他一个人的背
怎样把别人剩余的粮食，从远方背回来
一个布褡裢，让黄昏的村口
突然激荡着，一丝米香
也只有我的目光，穿过一丝凉风
透视他的脊柱，怎样超越
年龄，提前弯曲

更多的时候，我看见的
是坡地上的青草，被镰刀割伤后
山一样躺在他的背上，继续延缓着生命
直到一群羊，把饥饿伸过来
那些青草，还在他的背上鲜嫩地
活着。泪水在我的眼睛里

把马坊的黄昏，一下子浸湿
我想大雪，如果把草坡埋没
他的背上，也有一群羊
在冬天，要吃的青草

许多年过后，他的背
早已不在大地之上，而是贴着一块木板
平躺在大地之下。我的心脏
带着我的爱，在最下边跳动

刨土豆的父亲

那一年的大雪
带着一身怎样白净的样子
欢喜地落向我的马坊，也是极不讨好地
落向一个村子，在疲惫的心里
摆脱不开的，失血和贫困

我的农民父亲
白茫茫的雪地里，他一个人生硬地刨着
一个被冻僵的土豆。他肯定不知道
一只野兽，刚刚把体温
残留在土豆的表面，而一片雪花
赶在他的手指前面，把土豆哭泣的
表情，一次覆盖之后
再一次，疼痛地覆盖

我的农民父亲
等到天空，再一次抬起低垂着
许多背影的身子，他的头部像受过大伤
被雪纷纷包扎着。一片白布一样
软硬的绑带里，我找不到血迹
也找不到伤口，但我知道

大地把马坊一身的贫困
通过一个土豆，和土豆身上的
大雪，移向他的头顶

那一年的大雪
不管落在，我家的哪一处
我穿得很简单的身上，都没有落下雪灾
都在父亲的，一次次生硬的
动作里，被刨得很暖和

黄昏落下来

黄昏落下来，最先
不在大地上，也不在我想象的那些地方
像人和牲口一样，累了一天
把身子，放得实在一些

我看见的黄昏，每次落下来
都是从马坊的，一个土坡上空开始
这里的一切事物，都要从日头的余光里
散去一天的热情。就像一头牛
不再回头，看磨破土地的
生铁的犁铧。就像不要你知道
我的身上，有多少疼痛
我的心里，有多少煎熬

如果仔细一点，我就会发现
黄昏落下来，有许多隐秘的细节
比如一株谷子的金叶子，不再那么扎手
就像细软的金子，不会有铁的生硬
就像女人的手，在黄昏里
摸着衣襟，也闪耀一丝
温暖的余光。我知道

那是黄昏，要让所有刚性的
日子，在人间绵软下来

而我在黄昏里，真实地看见
照耀了一天的日头，还会剩下多少气力
就像我的父亲，那天吐出最后一口气
陷入黄昏，我的身子很冷

乡村，没有我的爱情

说出这句话的时候
我酸楚的心里，就像那一年突然落下的
一场大雪，被日子彻底封冻住
是不让我成长过十八岁

十八岁，背负一身的成熟
在父亲用来活命的一块土地上
我开始锄禾，开始从棉花到芝麻
细数十八年里，我写在乡村里的青春祭
很多时候，我是一个人
在大地身边流浪。我的呼吸
带着我，个人色彩鲜明的
悲伤，让遍地长得
苗壮的庄稼，也意识到
成长，要付出烦恼

而每次锄禾，就是让我
向大地的，一次毕恭毕敬
也是向乡村的，一次对爱情的直接讨债
我劳动着的身上，却没有积累下
泥土的味道，更没有父亲

那么单纯的生活。在一部残缺的
马坊传里，我注定是
一些多余的素材，乡村
也就没有，我的爱情

我在马坊的结局
只有背叛，只有让我的十八岁停止下来
然后出走，在异乡重新成长

忧伤像一盏灯

1

忧伤像一盏灯，在我思念
马坊的眉宇间，整夜亮着

从没有想过，一群靠土地
养活过我的人，被春天吹打着
却不知道，在手心里，握出汗水的谷种
应该撒向哪里。身边的土地
再怎么熟悉，也被大风
吹去他们，镌刻得有些
残破的名字

歌手唱着：让我们死在春天里
让春风安葬。只是一路
吹得悲伤的，春天的风，也不知道哪里
能安葬他们。江山辽阔
大地温暖，他们漂泊的身边
没有一寸泥土，他们不如
一粒谷种，还能想象着
在谁的，手心发芽

忧伤像一盏灯，在我走出
马坊的路上，能被吹灭吗

2

忧伤像一盏灯，像一盏照耀
我们集体出生，或死亡的灯

马坊的大地上，如果没有
这样的灯盏，我们头顶的，每一个
夜晚，都会无情地塌陷，都会让每一个
深陷泥土的劳动者，失去呼吸时
应有的光芒。我们心里
能装下的东西并不多，除过祖先
就剩下粮食，剩下灯光
剩下和我们，一样贫穷
而很自觉的神

高悬我们头顶，每一寸天空
都被灯盏，反复照耀
就像匍匐我们脚下，每一寸大地
都被神祇，反复覆盖。注定一生被牵引
向着所有生长得，庄严的粮食
或者伸手，或者开怀

我们的目光，一定会穿过
神佑的家园，然后告诉你
忧伤像一盏灯

忧伤像一盏灯，不会在我们
出生前或死亡后，被风吹灭

3

忧伤像一盏灯，在一个人的
黑暗里，让我一身疲惫地
点燃它，点燃它

只是不要，大地点灯，不要大地
在忧伤里，再次点燃，我的忧伤

忧伤像一盏灯，在一群人的
光明里，让我一身轻松地
吹灭它，吹灭它

种熟的土地，在哪里

我用力气，种熟的土地
荒芜在乡村，失去五谷的大道旁
一年的汗水，一生的劳动
就要终止在，这个春天

脱掉棉袄，身上的汗毛
都急切地，寻找生长的肌肤
我能想象，那些在布袋里，挤了一冬的
五谷的种子，一定在心里
记着去年的泥土，记着一双
生硬又温暖的手，怎样向大地
挥洒它们，身上金属
一样的光芒

但我不敢，伸出握惯
五谷的种子的手，面对春天
我没有一寸土地，可用于播种者的承诺
只有转身，退到五谷的种子
也听不到，我呼吸的地方
然后挥挥手，一把抹下
在额头上，忧伤着的阳光

也只有在棉衣的
漏风的袖口里，带泪藏下一把泥土
也藏下一粒种子，在我种熟的
土地以外，身份不明地
去流浪

从一朵棉花爱起

我一直怀疑，那件破旧地留有
我一身的体温，或者呼吸的，土布衣裳
应该在一个，让我不忍回头的地方
被一双温暖的手，轻轻叠起
又突然打开

直至时间，尘封她的
一头细软，又一生闪着亮光的银发
那件留有，我身体成长中，许多细节的
土布衣裳，被敲打屋瓦，和泥土的雨声
从冬至，尘封到夏至

我被时间，走得苍茫
而又成熟的身体，一直记着
马坊清贫的温暖，来自土地，来自粮食
也来自她，经过千纳万纫
而只为传递的，千言万语

因此，在这块出生，入死的大地上
谁也夺不走，我对一件土布衣裳的牵挂
在许多事物，相继模糊记忆的时候
我要执意爱她，只能从
一朵棉花爱起

走在泥泞的路上

接近暮色，接近晚钟
一个人走在，风雨泥泞，马坊的路上
我不知道，我过于憔悴的心里
还要收割，多少伤痛

这不像人间的四月天
我必须从土地上，挥镰收割
这些比我们的身体，还要沉甸甸的麦子
那个时候，我的镰刀
多次逃离，伤口一样的麦茬
逼我的手脚，流出大地
没有流完的血汗

而此刻，我正在一些
亲人离去的路上，一个人试着
放下死亡，像大山一样，压过来的沉重
我的手上，握有一把，掩埋她们呼吸的
草木，我必须完整地
一个人等待，暮色落下
或者，晚钟响起

只是走在，这条泥泞
马坊的路上，我很想替养活过我的人
挽留她们，破败一生
又完好一生的，表情

为一条生命标价

我没有看错，那天正午
村子西边，空无一人的汉台上
一阵大风，旋起落叶

一驾乘风，把一个人
拉进村子的马车，在正午的
汉台上，突然拉响了关木，刺破天空
这黑色的声音，告诉马坊，一个恓惶地
亡命在外的人，他急于回家
他把自己，化成一阵刮过
汉台的大风

只要在村里，长短活过
一世的人，贫富都有，一场完整的葬礼
都会被体面地，送入村北的土里
只是他，支离破碎地死在水库工地上
不知道后来，村里会用一副很薄的棺材
一百斤黑瘦的小麦，五斤菜油
三丈白布，为一条生命
很少悲哀地，标价

我没有看错，那天正午

他死去的身影，逃离马车

在汉台上，不知如何回村

青春的身体

我青春的身体，在秋风横扫
落叶的大地上，被裸露无遗，也被逼上
祖先的高岭山，一座冷漠的山巅
不是流浪，也不是回家

满山红叶，冷血一样
覆盖我简单的相思，不能躁动
也不能沉默。一把割草的镰刀，会随时
让生命失重。我的身体里，不缺少一块
能击打岁月，或自己的生铁
只是这阻隔大地的高岭山
把我旁落在，它的一角
就不再，让青春呐喊

我不低头，但我张不开
一对被时间，烧得焦黑的翅膀
马坊的山河里，有许多年，我是一个人
背负着家族，被罗织的罪孽，藏下哭泣
藏下年龄，让开始成熟的身体
抵挡庄稼，或热或冷的包围
头顶那些，很轻浮的云朵

不知道黑白，最终能给我
带来些什么

一个草根者，在草木一生的
大地上，不需要留下，任何有关身体的
行为或言辞。青春万岁，对于我
或许是一场，来得太早的死亡